アルファベット荘事件

北山猛邦

巨大なアルファベットのオブジェが散在する屋敷『アルファベット荘』。岩手県の美術商が所有するその屋敷には、オブジェの他に『創生の箱』と呼ばれる関わったものは死に至るという箱もあった。雪が舞う12月のある日、そこで開かれるパーティに10人の個性的な面々が集う。しかし主催者は現れず、不穏な空気が漂う中、夜が明けると『創生の箱』に詰められた死体が現れて——。売れない役者、変人にして小劇団の看板女優、そして何も持たない探偵が、奇妙な屋敷の幻想的な事件を解き明かす！　当代きってのトリックメーカー・北山猛邦の、長らく入手困難だった初期長編が待望の復刊！

アルファベット荘事件

北　山　猛　邦

創元推理文庫

THE CASE OF ALPHABET

by

Takekuni Kitayama

2002

目次

アルファベット荘事件

プロローグ

1

一九八二年の冬、僕は両親と西ドイツのケルン中央駅にいた。

当時はまだ小学生で、ドイツが東と西に分かれていることは知っていたけど、社会主義と資本主義の違いはわからなかった。ベルリンの壁を越えようとした東ドイツ市民が射殺されたという事件をテレビで見たことがある。だから東側が悪者なのだと、僕は単純に考えていた。訪れる場所が西側でよかったと、ほっとしたのをよく覚えている。

ケルン中央駅は天井が半円状になっていて、屋根の端《はし》にはドイツ語で香水の名前が大きく書かれていた。僕はドイツ語を少しだけ読むことができた。母に手を引かれながら、古めかしいコンパートメント式の列車に乗り込む。曇《くも》った窓から、雪で白く縁取られた巨大な聖堂が見えた。

通り過ぎていく異国の風景の中に、ふと日本人らしき少女の姿を見かけた。

彼女は雪に紅く染めた頬《ほお》を、鮮やかな黒髪で隠すように首を竦《すく》め、白いダッフルコートのポケットに両手を突っ込んでいた。歳は僕と同じくらいだろうか。僕は窓に張りつくようにして、遠ざかる彼女を目で追った。けれどすぐに、街を行き交う人々が彼女を覆い隠す。その一瞬あとにはもう、彼女の姿は街角から消えていた。そこにはただ、人々の吐き出す白い息だけが、幻のように残されていた。

『リージェント・インターナショナル』というホテルにチェックインして、僕たちは部屋に向かった。母と父は豪勢《ごうせい》な部屋に満足している様子だったけど、僕はさっきの少女のことばかり考えていて、周りのことなど目に入らなかった。

「母さん。時間まで、外にいっていいでしょ」

僕は母の服の裾《すそ》を引っ張って云った。母は少し迷惑そうな顔で、大人しく部屋にいなさいと云った。

「何処《どこ》かいきたいところがあるのか」

父が尋ねた。僕は首を振った。

「ちょっと、外を見てきたいだけ」

「六時から三階の会場で、『創生の箱』のパーティがある。それまでに戻ってこられるか」

「うん」

「あまり遠くにいくなよ」

父の許しを得て、僕は部屋を飛び出した。母の咎《とが》める声が聞こえたけど、僕は聞こえなかったふりをして、エレベーターに乗った。ホテルの制服を着た女性が、ちょっとだけ驚いたような顔で僕を見た。ドイツ語で何かを云ったが、聞き取ることができなかった。僕は人差し指で床を指し、下へいってほしいと伝えた。女性は理解したらしく、エレベーターを下ろしてくれた。

一階に着き、広いロビーを抜け、外へ出た。マフラーを巻き直して、雪の積もった歩道を歩く。街並みは絵本や童話の挿絵で見たおとぎ話の世界にそっくりだった。好奇心と不安を同時に抱えながら、見知らぬ街を冒険する。

大通りに出ると、道の先から路面電車が近づいてきた。ゆっくりと僕の目の前で停車し、中から乗客たちが降りてくる。その様子をなんとなく眺めていると、最後に黒髪の少女が降りてきた。さっき車窓から見かけた女の子だ。

幻なんかじゃなかった。僕は思わず彼女を見つめていた。彼女は不思議そうに僕を見返していた。

「こ、こんにちは」

気まずさを取り繕うように、とっさに声をかける。

「こんにちは」少女は僅《わず》かに首を傾《かし》げるような動作をして、云った。「日本人？」

「うん。君も？」

「さあ？　いろんなところで暮らしてきたから、自分でもよくわからないわ。パリとか、ロンドンとか。今はボンに住んでるのよ」

「でも、日本語を喋《しゃべ》ってるね」

「あなたが日本語で喋るからよ。ドイツ語の方がよかったかしら」

彼女は瞼《まぶた》を伏せるようにして、雪の地面を見つめた。遠くで清らかな鐘の音が響いていた。路面電車が発車し、雪の粉を舞わせた。

「これから何処かいくの?」

「いいえ、教会から帰ってきたところ。東ベルリンにいた友だちが死んじゃったの。肺炎だった」

「ハイエンって、何」

「肺の病気よ。そんなことも知らないの?」

彼女は怒ったように云った。

それから僕らは、ベルリンについてや、ケルン大聖堂について、あるいは資本主義や社会主義について話をした。彼女は沢山のことを知っていて、僕にいろんなことを教えてくれた。正直なところ、僕は彼女の話についていけなかった。

彼女は『創生の箱』についての話もした。

「その箱は『創生の箱』と呼ばれていて、昔からいろんな伝説があるのよ。空っぽの『創生の箱』に鍵をかけて封印しておくと、誰も触れていないはずなのに、いつの間にか見知らぬものが中に紛れ込んでいるの。人を食べる箱だっていう噂《うわさ》もあって、箱を手に入れた人はみんな死んでるんだって」

「もしかして、僕がこれからホテルのパーティで見る予定の箱のことかな」僕は思い出して云った。「有名な箱だって、話を聞いたんだ。今は大学の偉い人が持っていて、僕の父さんはその人のパーティに誘われたんだ。どうして箱なんか見るために、わざわざ外国までいくんだろうって、ずっと思っていたんだけど」

「あら、偶然ね。私もパーティに出席するわ」

「君も？」僕は嬉しくなって、思わず上擦《うわず》った声で云った。「一緒にいこうよ。六時までにはホテルに戻らないといけないんだ」

「そうね。寒くなってきたし」彼女は大人っぽい仕種《しぐさ》で長い髪を払った。「いきましょう」

僕らは揃《そろ》ってホテルに戻った。フロントの壁にかけられていた時計を見ると、まだ午後六時前だった。

「部屋には母さんと父さんがいるから、そこのソファで時間になるのを待とうよ」

僕が提案すると、彼女は頷《うなず》いた。僕らは空いているソファに座った。ふかふかのソファだった。

「君の話を聞かせてよ」僕は云った。「どんな生活をしているの」

僕は彼女と仲良くなりたいと思った。彼女についてもっと知りたいと思った。そういった感情を恋心と呼ぶことができるかどうかは、今でもわからない。

彼女は僕を見つめて、しばらく黙っていた。彼女の思案する表情はとても美しかった。

「私の話が面白いとは思えないわ」

「いいんだ、暇つぶしだから」

「暇つぶしね」彼女はまた怒ったような顔をした。「私は『創生の箱』と一緒に売られたの。

私の値段は五万マルク以上するのよ。でも箱の方がもうちょっと高かったみたい。私は大学の教授のところに、商品として手渡されることになったのよ。私は商品なの。私はダンスが得意だし、いろんな言葉が喋れるのよ」

僕は彼女の云っている意味がわからなかった。人間が商品として売り買いされているという話に当惑《とまど》していた。そしてそういった状況をまったく悲観する様子さえない彼女に対しても、僕は戸惑っていた。

「買われたら、君はその人の子供になるのかな」

「そうね。でも子供だけじゃなくて、いろんな役目を負わないと駄目なのよ。恋人役とか、母親役とか、娼婦《しょうふ》役とか」

「ショウフって、何」

「もうっ、いちいち訊かないでよ。冗談も通じないじゃない」

「ご、ごめん」僕は肩を落とした。「でも、君は哀しくないの」

「哀しいって、何が」

「だって、親から離れて暮らしているんでしょ?」

「親は必要ないわ」

「ふうん」僕はただ頷くだけだった。「一人でも平気なんだね」

「どうかしらね」

彼女の価値観は、生ぬるい暮らしをしてきた僕にとっては、とても強くたくましいものに思えた。僕はしばらく彼女のことを見つめた。彼女は見つめられることには慣れているといった様子で、何処か遠くを見ていた。実際のところ、十歳の僕に、彼女のすべてを理解することなどできなかった。彼女は僕よりもはるかに大人びていた。

「まだ時間があるわ。外を見にいかない？」

彼女は云った。

僕は彼女に従った。正面玄関の横に広大な庭があった。一緒に雪の中に飛び出す。辺《あた》り一面雪だった。きらきらと粉雪が舞っている。彼女が突然雪玉を僕に向けて投げてきた。雪玉は僕を逸《そ》れて雪の中に沈んだ。僕は慌てて雪玉を作って反撃した。僕らは雪の中で走り回り、すっかり雪まみれになった。西ドイツの雪は、やはり冷たく、でも心地よかった。観光客らしい一団が、僕らを横目に見て、ホテルの中に入っていった。常夜灯が灯り、遠くで鐘が鳴った。

「そろそろいこうか」

「すっかり濡《ぬ》れちゃったわね」

僕らはロビーに戻って、そのまま階段を上った。パーティは三階で行なわれるはずだった。いってみると、僅かに人だかりができていて、広い会場の入り口にドイツ語の小さなプレートが下げられていた。「『創生の箱』パーティ会場」と、彼女はすらすらと読んだ。

入り口に父と母がいた。母は僕と彼女を見るなり、汚いものにでも遭遇したかのように、顔をしかめた。

「濡れてるじゃないっ」

「雪で濡れちゃったんだ」

「早く着替えてきなさいよ」母は怒鳴《どな》った。「こっちの汚れた子は」

「大学の先生の子だって」

「あら」母は急に態度を変えた。「もしかしてジークベルト教授のお子さんかしら。それはそれは。お子さんがいらしたとは知りませんでしたわ」

「教授に子供はいなかったはずだが」

父が首を傾げて云った。

「本当の子供ではありません」

彼女は胸を張るように云った。でもそれ以上は何も云わなかった。

2

パーティが始まって、僕と彼女は会場の隅でオレンジジュースを飲んでいた。会場では円舞曲《ワルツ》が大きな音でかけられ、少しうるさかった。僕は彼女ともっと話をしたいと思っていたけれど、周りの大人たちの声がうるさくて会話もできなかった。彼女はコートを脱いで腕にかけていた。少し暖房が暑過ぎるように感じた。

古ぼけた木の箱が部屋の中央に置かれている。高さは蓋《ふた》を含めて七十センチ、横は二メートル弱、奥行きは五十センチ程度。蓋も大きく、三十センチ弱の高さがあった。蝶番《ちょうつがい》がついていないので、蓋はスライドさせて開けるようだ。古びた金属で縁取られた小さな鍵穴が蓋に開いている。木材は時を経て深みのある茶色に変色したようだった。箱の表面に施された複雑な彫刻が、シャンデリアの光を受けて異様な陰影を刻んでいた。まるで巨大なオルゴール箱だと、僕は思った。

僕は初めて目の当たりにする『創生の箱』に、思わず言葉を失っていた。人を食べると噂されるだけのことはある。不気味だ。箱の圧倒的な存在感によって、パーティ会場が異様な雰囲気に包まれてしまっていた。隣の彼女も口を閉ざして呆然《ぼうぜん》と箱を見ていた。灰色の髪のジークベルト教授だけが満足そうに笑っていた。彼は顎《あご》ひげを撫《な》でながら、周囲の取り巻きに対して何かを云っていた。

新聞記者風の男がジークベルト教授に近寄って、箱を指差しながら何かを尋ねた。ジークベルト教授は腕を組んで、肩を竦めた。どうやら、箱の中を見せてくれないかと尋ねられたらしい。ジークベルト教授はポケットから古びた大きな鍵を取り出すと、箱の鍵穴に差し込んで回した。箱の周囲に人だかりができた。僕と彼女も箱に近寄ってみた。ゆっくりと蓋が横にずらされ、僕らは中を覗《のぞ》き込んだ。異様な臭気が流れ出しているような気がして、僕は思わず顔をしかめた。徐々に中が見えてくる。三分の二ほどずらしたところで、ジークベルト教授は手を止めた。

箱の底には、何も入っていなかった。

ジークベルト教授は蓋を閉め直すと、鍵をかけてしまった。僕と彼女は箱から離れて、もとの場所に戻った。

「今は空っぽでも、安心しちゃいけないのよ」彼女は云った。「『創生の箱』の伝説が本当なら、鍵を閉めていても、箱の中に何でも現れてしまうんだから」

「でも、鍵がかかっているんでしょ」

「だからこそ伝説なんじゃないの。ちょっとは考えてからものを喋りなさいよ」

僕は彼女にたしなめられて、少し哀しくなった。

僕はテーブルの上に載っていたローストチキンを母に取ってもらい、食べた。パーティとはいえ、あまり大騒ぎする人間はいなかった。僕はもっと華やかなものを想像していたので、拍子抜けした。背の高い人々が会話を交わしているだけの状況だった。僕は彼らを眺め、何が楽しいのかずっと思案していた。

「僕は明日、日本に帰るんだけど、君はどうなの」

僕は彼女に尋ねた。

「どうかしら。しばらく西ドイツにいると思う」

「じゃあ、もう会えないのかな」

僕は彼女との別れを想像すると、哀しくなった。会ったばかりの人間に対し、これほどまでに感傷的になったのは、後にも先にもこの時が最後だったかもしれない。彼女の見た目の儚《はかな》さや、内面の強さに、僕は憧れ、恋していたのだ。できることならこのまま西ドイツの地に残りたいとさえ思った。

「生きている限り、また何処かで会えるんじゃないかしら」

彼女はそっけなく云った。彼女の言葉は魔法のように、僕の心を安心させた。そうだ、生きている限り、きっと会えるに違いない。

それから何時間か経《た》ち、会場を後にする人がちらほらと現れ始めた。

「見て」彼女は僕の袖《そで》を引っ張った。「さっきの記者さんが、また教授に話しかけているわ。箱を開けろって云っているみたい」

確かに、さきほどの記者風の男が、ジークベルト教授と『創生の箱』の傍へ近寄っていた。

「何かあったのかな」

「伝説が嘘かどうか、確かめてみたいんでしょう」

「ふうん」

僕はあまり関心もなくジークベルト教授と記者のやり取りを眺めていた。ジークベルト教授はとうとう折れたらしく、渋々といった様子で蓋の鍵を取り出した。二箇所の錠を開け、ゆっくりと蓋をスライドさせる。

記者風の男が、異様な叫び声を上げて後ずさった。ジークベルト教授も顔を引きつらせたまま静止した。何事が起こったのかと、会場は一瞬にして騒然となった。僕と彼女は『創生の箱』へ駆けていった。

『創生の箱』の中に、白いものが見えた。細長く、やや折れ曲がっている。

人間の指だ。

誰かが悲鳴を上げた。

ジークベルト教授が蓋を持つ手を離した。バランスが崩れ、蓋は斜めに傾《かたむ》いて箱の中に落ちた。同時に箱の中から赤い液体が散った。床に点々と染みができた。

血だ。

人間の指、腕。大量の血液。足。灰色の髪。頭部があり得ない方向を向いて血の中に没していた。小さな足の裏が天井に向けられていた。

バラバラの死体。

僕はただ呆然と、もはや人間ではなくなったものを見つめていた。父親が僕を引っ張って、箱から離れさせた。母親はほとんど卒倒しかけていた。僕はわけがわからなかった。『創生の箱』はパーティの間中、会場の中央に置かれていたのだ。少し前に、中を確かめた時には何も入っていなかった。ところが再び開けてみたら、バラバラにされた人間が入っていたのだ。箱の蓋には鍵がかけられていたし、誰も開けなかった。パーティの間、箱に近づいた人間は何人かいただろうけれど、蓋を開けてバラバラの死体を中に入れられたはずがないのだ。

まさしく死体は、『創生の箱』の伝説に従って出現したとしか考えられなかった。

3

駆けつけた地元の警察によって、会場にいた全員が簡単な事情聴取を受けることになった。

僕の父と母も連れ出されたが、僕は子供ということで取り残された。仕方なくロビーのソファで時計の針が進むのをじっと黙って見つめていると、やがて白いダッフルコートを着た彼女が、何処からともなく姿を現して、僕の隣に座った。

「やあ、何処にいってたの」

「教授のとこ。ひどく警察に怒られているみたい」

「何で怒られてるの？」

「『創生の箱』の中に死体を入れた犯人だと疑われているんでしょう」

彼女の云った「犯人」という言葉は、僕にはまるで別世界の言葉に思えてならなかった。まだ幼い僕には、複雑な意味を持った言葉だった。

「でも、いつの間に箱の中に入れられたんだろう」

僕は首を傾げながら云った。箱の中に入れられていたものについて、僕は完全には理解していなかった。細切れにされた腕や足。僕の見たものが、人間を分解したものだったのだとわかったのは、もっとずっと後のことだった。あまりにも現実からかけ離れた死体の出現に、僕の思考は麻痺《まひ》していたのかもしれない。だから恐怖や気味の悪さなどはまったく感じていなかった。

後でわかったことだが、死体は裸の状態で、右腕、左腕、胴体、右足、左足、頭部の六部分に切断されていた。鈍器のようなもので撲殺された後、ノコギリ状のもので切断されたという。死亡推定時刻はパーティが始まる約十二時間前。死体はパーティに出席する予定になっていたデーゲンハルトという富豪だった。

「箱の蓋はずっと閉じられていたんだよね」

「ええ。誰も蓋を開けなかったはずよ」彼女は腕を組んで考え込むように云った。「周りには人が沢山いたんだし、蓋を開けようとしただけでも目立つでしょう」

「最初に開けた時、箱の中には何も入っていなかったんだよ」

「わかってるわよ」彼女は僕を睨《にら》みつけた。「でも事実、死体はパーティの最中に出現しているのよ。だとすれば、何らかの方法でこっそりと死体を入れたに違いないわ」

「無理だよ」

「無理じゃないわ。私に考えがあるの。ねえ、君。今から私と一緒に犯人を捕まえましょうよ」

「えっ。だって、もう夜の十二時になるよ。いつもなら寝ている時間だけど」

「子供みたいなこと云ってないで、さあ、おいで」

僕は彼女に腕を取られて、ロビーを出た。事件のせいもあってか、夜中にもかかわらずロビーは人が多かった。エレベーター待ちをしている集団を横目に見ながら、僕らは階段へ向かった。

「何処へいくの」

「ジークベルト教授のところよ。教授の部屋をこっそり調べるの」

「君、教授と一緒の部屋じゃないのか」

「ええ、教授はいつも別々の部屋しか用意してくれないのよ。だから私は一人ぼっちなの。別に寂しくはないけどね」

僕らは階段で十七階まで上がった。なるべく人に見られないようにするためだ。階段を上り切った時にはもうへとへとだった。彼女も疲れているはずだけど、顔や態度には表さない。僕は彼女の後に続いて、静まり返った廊下を歩いた。一七〇五号室がジーグベルト教授の部屋だ。僕らは用心深く周囲を確かめてから、扉に近づく。彼女はコートのポケットから鍵を取り出した。

「どうして鍵を持ってるの」

「教授の奥さんから借りてきたのよ」

僕らは音を立てないように、扉を開けて、中に忍び込んだ。僕は小さな冒険に胸をときめかせていた。見知らぬ土地で降ってわいた事件と、美しい彼女と、手に汗を握る冒険。僕はバラバラ死体のことよりも、彼女と一緒に何処か引き返せない世界に踏み出そうとしている感覚に、興奮していた。このまま戻ることができなくても、後悔しなかったに違いない。

ジークベルト教授の部屋は、特に変わった様子もなかった。僕の泊まる部屋よりは幾分広くて、バルコニーまで設けられていた。寝室は丁寧にベッドメイキングされていて、塵《ちり》一つ落ちていない。

彼女は窓に近寄って、バルコニーを覗き込む。僕も一緒になって覗いてみたけれど、暗くて外の様子はよくわからなかった。西ドイツの夜は、日本に比べて暗いような気がする。

「『創生の箱』はこの部屋に置かれていたのよ」

「あんなおっきな箱、どうやって移動するのかな」

「箱の下に車輪がついてたでしょ」

「気づかなかった」

「昔の職人さんが、移動しやすいように車輪をつけたんだって。もともとは、車輪はついていなかったのよ」

「あの箱って、どういう箱なの」

「魔法の箱よ。箱を作ったのはイギリスの魔術師だという話が伝わっているわ。彼は何も入れられていないはずの箱の中に、いろいろなものを出現させてみせたの。空だった箱の蓋を閉じて、魔法を唱える。再び蓋を開けてみると、中から花や人形や果物が出てくるというわけ。何もないところからものを生み出すという不思議な箱よ。『創生の箱』という名前もそこからつけられたらしいわ」

「じゃあさっき人が殺されて中に入れられたのも、魔法だったのかな」

「魔法のはずはないわ」

彼女の云う通り魔法でないのだとしたら、死体は誰かの手によって入れられたものでなければならない。しかしパーティの間、蓋は閉じられたままだった。

「今、『創生の箱』は何処にあるの」

「警察が持っていったんじゃないかしら」

彼女は腕組みしながら部屋の中を歩き回る。僕は後ろめたい気分もあったので、片隅に立ったまま、彼女の様子を窺《うかが》うことしかできなかった。

「ねえ、そろそろ帰ろうよ」

「駄目よ。ちゃんと証拠になりそうなものを見つけなきゃ」

「証拠って、何の証拠」

「教授が犯人だという証拠よ」

「えっ」僕は驚いて声を上げた。「ジークベルト教授が犯人なの」

「他に誰がいるのよ。死体が現れた謎《なぞ》も問題ないわ。あとは、どうやって告発するか」

「コクハツって何」

「自分で調べなさいよ」

彼女と一緒になって部屋の中を調べていると、ふいに入り口の方で物音がした。扉を開ける音だ。

誰かが入ってきた。

「隠れてっ」

彼女は僕を突き飛ばすようにして、部屋の奥に移動させた。けれど遅かった。ジークベルト教授が部屋に姿を現し、僕らを見下ろして立っていた。

彼はドイツ語で怒鳴った。意味は理解できなかったけれど、表情は殺気立っていた。

とっさに僕は、隣にいた彼女の手を取って、走り出していた。ジークベルト教授の脇《わき》を駆け抜け、部屋を飛び出す。

とにかく逃げなきゃ。僕らは走った。すぐにジークベルト教授が追いかけてきた。

「逃げられないわ」

彼女は云った。僕はそれを聞き流して、走った。何処か遠い場所に逃げよう。そして日本に戻るんだ。

捕まったら彼女を失ってしまう。僕は単純に、彼女を失うのが怖かった。

しかも彼女が云うには、ジークベルト教授は殺人犯なのだ。彼に彼女を渡すわけにはいかない。

けれども僕は幼く、彼女をかばう力も、彼女を救い出せるだけの強さも持っていなかった。

僕らはあっさりとジークベルト教授に捕まえられた。彼の身体はとても大きく見えた。僕は彼に殴り飛ばされ、床に突っ伏した。

僕の手から、彼女の手が離れる。

彼女はジークベルト教授に捕まえられていた。

「私は大丈夫だから」

彼女は云った。ジークベルト教授が、彼女を黙らせるために、彼女の頬を打った。僕は床に倒れたまま、彼女が虐《しいた》げられる様子を見ていた。僕は自分の無能さを呪《のろ》った。立ち上がって再び抵抗することすらできない自分の勇気のなさを呪った。

彼女とジークベルト教授の後ろ姿が廊下の奥に消えていく。僕は絶望に打ちひしがれながら、拳《こぶし》を強く握り、悔しさのあまり下唇を噛《か》んだ。

その日のうちに、ジークベルト夫妻と彼女はホテルを出たようだった。僕が部屋に忍び込んだことについては、特に咎められなかった。まるで『創生の箱』の事件や彼女との冒険が、夢の中の出来事であったかのように思えた。残されたものは何もなかった。

事件の解決が報じられることもなく、僕と両親は次の日、西ドイツを発《た》った。日本に戻ると、本当にすべてのことが夢だったと思うようになっていた。

夢の中の彼女。

僕は彼女の名前さえ知らない。

彼女は本当に、あの夜、あの場所に存在したのだろうか。

4

一九九八年、十二月十日。岩手県西部の山奥に建つ奇妙な屋敷、『アルファベット荘』。破麻《はま》崎《ざき》華奈《かな》は依頼された通りに、『アルファベット荘』の清掃にあたっていた。大学の掲示板で見つけた家政婦のアルバイトだ。掃除や洗濯、炊事などの家事をこなすだけで日給一万円。悪くない値段だった。法外な高値というわけでもなく、怪しいバイトという雰囲気もない。破麻崎は早速申し込み、すぐに屋敷から採用通知が届けられた。仕事は指示書にある通りに家事をこなせばよいという簡単なものだった。

『アルファベット荘』と呼ばれる屋敷には奇妙な噂があった。普段誰も住んでいる様子がないにもかかわらず、庭の手入れがされていたり、窓の灯りがぽつんとつけられていたりするという。屋敷の中には西洋の甲冑《かっちゅう》が並び、庭には何故《なぜ》か、巨大なアルファベットのオブジェが並べられていた。『A』から始まり『Z』までの文字が、立体となって庭に散らばっている。庭にない文字、たとえば『I』のオブジェなどは屋敷内にあった。破麻崎は初めて目の当たりにする非日常的な光景に、僅かに恐怖めいたものを感じた。

契約の日に屋敷を訪れても、誰もいなかった。代わりに、仕事の内容を記した指示書が置かれていた。どうしようかと戸惑っていると、間もなく、もう一人の女性アルバイトが屋敷にやってきた。破麻崎は彼女と指示書通りに仕事をすることにした。

掃除をしているうちに、夜になってしまった。破麻崎は別館二階の広間の空気を入れ換えるために、窓を開けた。夜の風が鋭く吹き込んでくる。紺色のカーテンが大きく膨《ふく》らんで、揺れた。冬の夜風は冷たい。息が白く霞《かす》んだ。

夜空は重たい雲で覆われていた。星一つない空。視線を落とすと、庭に立ち並ぶアルファベットが見える。

破麻崎は掃除機のプラグをコンセントに差し込み、絨毯《じゅうたん》を掃除した。毛足の密な絨毯なので、丁寧に清掃をする必要がある。同じ場所を何度も掃除機で往復した。

腕時計を見る。午後九時。もう一人のアルバイトは既に割り振られた部屋に戻ったらしく、

『アルファベット荘』は、静けさに包まれていた。カーテンが時折ざわざわと音を立てる。いつもなら騒々しい掃除機の音も何処か物寂しく感じられた。破麻崎は長い髪を後ろで結い直し、再び掃除機をかけ始めた。

柔らかい絨毯。ソファと小さなテーブルと、鮮やかな硝子《ガラス》細工の施された照明器具。壁際にはグランドピアノが置かれ、滑らかな光沢を放っていた。窓。カーテンが揺れている。

部屋の中央には、大きな木製の箱が無造作に置かれていた。白い布がかけられていて、見た目には棺桶《かんおけ》のようだった。好奇心から布を外してみると、蓋の表面の壮麗な彫刻が露《あらわ》になり、高価な芸術作品を思わせた。

破麻崎は箱に興味を抱《いだ》き、蓋を外してみようと思った。蝶番がないので、蓋を押してみると横にずれる。鍵はかかっていなかった。さらに横にずらすようにして開けた。

ゆっくりと中を覗き込む。

銀色に輝くものが見えた。

中には、バラバラにされた西洋の甲冑が入れられていた。鈍い光沢を放つ胴体、その上でまとめられた二つの腕と二つの足。頭部を覆う冑《かぶと》は、隅の方に転がっていた。

破麻崎は慌てて箱を閉じた。中に入っているものの意味を考えることはしなかった。

何も見なかったことにして、素早く部屋を後にした。

第一章

1

新幹線で東京を発ってから、二時間ほど経過していた。窓外の風景は相変わらず薄暗い。全国的に曇り空のようだ。北へ向かうにつれ、道路や建物が雪でうっすらと白く染められていく様子は、見るからに寒々しいものがあった。

一九九八年、十二月十一日、金曜日。

わたしは三列シートの中央に座っていた。車内の暖房で頰が火照《ほて》ってきていた。グレーのショートコートを脱いで膝《ひざ》の上に畳む。ニットの襟元《えりもと》をぱたぱたと仰いで、身体を冷ました。

「トランプしよう」

唐突に、窓側の席に座る美久月《みくづき》美由紀《みゆき》が云った。

美久月はわたしが所属する劇団『ポルカ』の先輩だ。劇団の看板女優と呼ばれている。実際に、彼女は肩書きにふさわしいだけの美貌《びぼう》を持っていた。あらゆる者を惹《ひ》きつけ、見る者に溜息《ためいき》ばかりつかせてしまうほどの完璧な美貌だ。悪戯《いたずら》っぽい少女のような大きな目。胸元にかかるストレートの黒い髪。顔立ちは何処となく幼い印象を受ける。華麗でしなやかで、繊細な美人。見慣れているはずのわたしでさえ、時折見とれてしまうことがあるくらいだ。胸元が控えめに開いた黒いノースリーブのワンピースを着ている。宝飾品の類は一切身につけていない。彼女にはアクセサリーなど必要ないのだ。

「トランプならちゃんと持ってきましたよ」わたしはバッグからプラスティックのトランプを取り出した。「何がやりたいですか、先輩」

「神経衰弱」

「何処にそんなスペースがあるんですか」

折り畳みのテーブルを使っても、せいぜい数枚限定の神経衰弱しかできそうにない。それではすぐに終わってしまう。

「だって私、神経衰弱以外知らないもの」

美久月は不機嫌そうな顔で云った。

「じゃあポーカーにしましょうよ。簡単ですから、教えてあげます」

「何であなたから教わらなきゃならないのよ」

わたしは美久月の不満を聞き過ごしながら、一通りポーカーの役について教えた。美久月は途中まで退屈そうに聞いていたけれど、最強の役『ロイヤル・ストレート・フラッシュ』について知ると急に目の色を変えたように、「絶対それを狙う」と云い出した。多分無理だと思うけれど。

わたしは目の前のテーブルを倒して、カードを置く。美久月に五枚のカードを配った。わたしもカードを取る。

「ねえねえ、これは何ていう役？」

美久月はいきなりカードを広げてわたしに見せた。

「先輩、まだわたしに見せちゃ駄目です。駆け引きなんですから」

ちなみに美久月のカードは何の役も成立していなかった。

「これからカードを交換するんですよ。いらないカードを捨てて、捨てた分だけもらうんです。交換は一回だけにしましょう」

「どれにしようかな」

「先輩、カードを交換する時は、取るカードを選んじゃ駄目です。伏せたまま取ってください」

「わかってるわよ」

「先輩、カード取り過ぎです。手元に八枚も持ってるじゃないですか。五枚までですよ」

「うるさいわね」

「あっ、ずるい。捨てたカードを手元に戻してる」

「別にいいじゃない。で、これは何ていう役?」

「ただのワンペアですよ」

「やる気なくした」

美久月はトランプをわたしの膝に投げ出した。

実は美久月は、見た目の美しさとは裏腹に、性格の破綻《はたん》した気まぐれな女性だった。とにかく何においても無気力なのだ。舞台の上にいる間は輝くほどの美人なのに、舞台を降りると途端にいい加減な人間になる。「面倒くさい」が彼女の口癖で、いつもだらしない格好のまま辺りをうろうろする。もしも観客に舞台裏の彼女を見られたらどうなるのだろうと、わたしはいつもひやひやしている。美久月の美しさは変わらないが、内面から発散される魅力的な雰囲気が欠片《かけら》もないのだから、別人と間違われても仕方ないだろう。女優にとっては舞台の上の姿こそ大事なのだろうけれど、美久月の場合は日常との差が激しいのだ。

わたしと美久月が所属する劇団『ポルカ』は、団員十五名程度の小さな劇団だ。それでも雑誌に幾度も採り上げられるくらいに有名なのは、やはり美久月の影響が大きいだろう。彼女の存在の大きさが、そのまま『ポルカ』の名声に繋がっている。わたしなどはまだまだ下っ端の女優だ。美久月とは年齢こそ四つしか違わないが、おそらく一生彼女に追いつくことはできないのではないかと思う。舞台の上の美久月は完璧で、絶対的なのだ。わたしは心から美久月を尊敬している。

それなのに。

「つまんなーい」美久月は窓辺に肘《ひじ》を突きながら云った。「ミーコ、何か面白いことして」

「面白いことって」

「肩の関節外したりはめ直したりできない?」

「できませんよ、そんなこと」

「つまんないの。ねえ、その辺に知恵の輪でも落ちてないかしら。暇つぶしできるのに」

「普通は落ちてないと思いますけど」わたしは云いながら、美久月の足元にあるバッグを覗き込んだ。「雑誌とか持ってきてないんですか？　荷物がやけに軽そうですよね。予定では二泊もするんですよ。中には何が入っているんですか」

「歯ブラシと、目覚し時計と、えぇと」

美久月はバッグを開けてみせた。中はがらがらだ。驚いたことに、歯ブラシが裸のまま無造作に入れられている。目覚し時計は彼女がお気に入りのクリスマス・ツリーの形をした小さな時計だった。ハンカチと肩にかけるショールが丸めて入れられている。他には何が入っているのかと覗いてみると、何故か巨大な折り畳みナイフがバッグの蓋の裏に貼り付けられていた。

「ナイフを蓋の裏なんかに隠してどうするんですか」

わたしは恐る恐る訊いてみた。

「武器は隠しておくものでしょう？」

やはり意味不明な答えが返ってきた。

「替えの洋服は持ってきてないんですか」

「もちろん」美久月は堂々と云う。「でも下着はちゃんと持ってきたわよ。ほら」

「見せなくていいですよっ。周りの人に見られたら恥ずかしいじゃないですか」

「何で私の下着なのにあなたが恥ずかしがるのよ」

美久月は怒ったように云って、わたしからバッグを取り上げた。通路を挟んだ席に座るサラリーマン風の男性が、何事かとわたしたちの方を向いた。わたしが愛想笑いを送ると、向こうも愛想笑いを返してきた。

美久月はそれきり黙ってしまった。外の景色に夢中になったようだ。何度か声をかけてみても、ああとかううとかしか云わなかった。どうやら真剣に田園風景を眺めているらしい。今度はわたしが退屈する番だった。

だからわたしは、隣の通路側の席に座るディに話しかけた。

「ディ、お腹空かない？　何か食べる？　わたしおにぎり作ってきたのよ」

「いえ、いいです」

ディは透き通った声で云う。

彼は美久月に似て綺麗な顔立ちをした男性だった。けれども美久月とは違って、何かが決定的に欠けていた。それが何であるのか、具体的にはわからない。ディの全体的な印象をまったく透明なものにしてしまう独特の憂鬱《ゆううつ》な表情は、美しいというよりはむしろ儚い。触れたら壊れてしまいそうだ。いつも沈黙したままなので、隣にいてもまったく気配を感じないことさえよくある。話しかければちゃんと応えるけれど、向こうから会話を求めることもない。

ディは真っ黒なコートを羽織《はお》ったままだった。暖房が暑くないのだろうか。彼はまるで暑さにも寒さにも取り合わないかのように、いつも涼しげな顔をしている。けれど冬になればコートを着るし、夏になればシャツ一枚になる。彼が紛れもなく温度を感じている証拠だ。彼の身体は硝子でできているわけではない。

「今どの辺りなのかしら」

「岩手県に入ったようです」

ディは短く、的確に答える。

わたしがディと出会ったのは、まだ劇団『ポルカ』が発足間もない頃のことだった。京都での公演の際、劇団内で凄惨《せいさん》な殺人事件が起きた。ディはたまたま京都府警の刑事と一緒に、現場に居合わせた。紆余曲折《うよきょくせつ》を経たけれど、殺人事件はディによって解決された。彼は刑事から『何も持たない探偵』と呼ばれていた。どうやらディというニックネームもDetective（探偵）の頭文字を取っただけのものらしい。

ディは何も持たない。名前も、家族も、親戚も、友人も、恋人も、感情も。京都府警の刑事たちとも友人と呼べるような間柄ではないようだった。刑事たちはディを捜査に利用しているだけだった。彼らはディのことを「戸籍も持ってないんだろう」とからかっていた。本当に戸籍がないのかどうかはわからない。とにかくディは警察の人間でもないのに、警察署に出入りしていたし、捜査に介入していた。京都府内では捜査する権利も認められているようだった。それもすべて、ディが事件を解決する能力に優れているからだった。

ディには住む場所さえなかった。彼は警察署の仮眠室を借りたり、時には拘置所を借りたりして暮らしてきたという。わたしは劇団内の事件を解決してくれたお礼に、わたしの部屋に住んでみないかと提案した。断じて下心があったわけではない、と思う。現に、わたしは美久月と一緒の部屋で生活していたので、ロマンティックな可能性は皆無だった。彼は決まりきったお礼を云い、無表情で提案を受け入れた。

　わたしと美久月とディの、三人の生活は半年近く何の問題もなく続いている。おそらく、問題はない。美久月は度々ディにちょっかいを出したり、誘惑してみせたりするけれど、大抵ディは一言二言感想を述べるだけで、その場を切り抜けている。美久月が散らかす部屋もディがいつの間にか掃除しておいてくれるし、わたしとしてはむしろ大助かりなのだった。彼は大きな事件が起きると飛び出していってしまって、しばらく帰らなくなるけれど、事件が解決すると何事もなかったように帰ってくる。「解決できない事件が起きた日こそ、彼が帰らない日になるわね」と美久月は云う。確かにそうなるかもしれない。ディに解決できない事件はあるのだろうか。多分あるだろう。美久月は「ディに解決できない事件を私が起こす」と云い張っているが、未だに実行する気配はない。美久月ならやりかねないから怖い。

　わたしたち三人は、『アルファベット荘』に招待されていた。『アルファベット荘』というのは美術商である岩倉清一《いわくらせいいち》が所有する別荘のことで、岩手県の山奥にあった。もともと、岩倉の招待を受けたのは美久月一人だった。美久月の美貌は様々な業界に影響を与えている。一度でもいいから美久月と一緒に食事をしたいという金持ちが少なくない。岩倉も例に漏れず、美久月を招待したのだろう。ところが当然のごとく、美久月は面倒くさがって、出席を拒否した。しかし岩倉が粘るので、橘末衣子《たちばなみいこ》と一緒ならばいかないこともないと返事をしてしまった。橘末衣子とは、紛れもなくわたしのことだ。まったく迷惑な話だけれど、わたしはパーティという言葉に魅力を感じた。すぐに賛成した。美久月はついでにディを巻き込んで、岩倉邸に向かうことにした。ディは嫌がらなかった。かといって喜んだわけでもないのだろうけれど。結局わたしたち三人は、今朝の午前中に東京駅に着き、盛岡ゆきの東北新幹線に乗ったのだ。

「岩手にいったことある？」

わたしはディに尋ねた。

「ありますよ」

「やっぱり寒いのかしら」

「それほどでもありません」

ディは正面を向いたまま云う。彼なら南極でも「それほどではありません」と云いそうだ。

「もうすぐクリスマスだよね。ディにプレゼントあげよっか」

「プレゼントですか」

ディはやっとわたしの方を向いて、不思議そうに首を傾げた。その仕種が何を意味するのか、わたしにはわからなかった。

「何がほしい？」

「ほしいものはありません」

「一つくらいあるでしょう」

「いえ」ディは遠くを見るような目で考え込む。「ただ、お金では買えないものなら」

「何？」

「記憶です。僕の記憶」

ディは数年前より昔の記憶を持たない。

「叩いたら思い出すんじゃないかしら」

突然美久月が話に割り込んできて、ディに腕を伸ばした。本気で叩こうとしている。

「先輩、ディは機械じゃないんですから。叩いても直りませんよ」

「ディ、十年前に貸した三万円返してよ」

「せこい嘘つかないでください」

「五千円だったかしら」

「もう」わたしは美久月を無視することにして、ディに向き直った。「記憶障害というわけでもないんでしょう?」

「病院で診察を受けたことはありませんが、いわゆる記憶喪失というものとも違うような気がします。初めから僕には過去がなかったのかもしれません」

「過去がなかったら、ここにいるあなたは一体何?」

「わかりません」

ディは無表情で答えた。わたしは少し哀しい気分になった。ディはまるで空気でできた人間のように、冷たく透き通った反応しか返さない。

外の雪は止んでいた。やがて新幹線の速度がゆっくりと落とされる。車内アナウンスで、間もなく盛岡駅に到着することが告げられた。わたしはコートを羽織って、大きなボタンをしっかりと留めた。

2

寒い。車内を出た途端、冷気が突き刺さってきた。わたしは寒さのあまり立ち止まって、しばらく動けずにいた。ポケットから毛糸の手袋を取り出して、両手にはめる。ついでにリップクリームを塗った。美久月とディはわたしを置いて先にいってしまっていた。

「待ってくださいよ」

階段を下りて、改札を抜ける。駅を出ると、正面がバス乗り場になっていた。雪は路肩に少し残っている程度で、足元には積もっていない。右手には小さな広場があったけれど、誰もいなかった。コートを着た二人の女子高生がわたしたちの目の前を横切っていった。鳩《はと》に餌《えさ》をあげているおじさんがいた。タクシーが連なって客を待っていた。

「これからどうするんですか？」

「岩倉さんが迎えにきてくれるそうだけど」

美久月はコートのポケットに両手を突っ込んで、周囲を見回す。彼女はフェルト素材のピーコートを着ていた。ワンピースの裾が冷たい風に揺れている。

「あれじゃないですか？」

バス乗り場の横の道路に、黒い乗用車が停められていた。グレーのコートに黒い毛糸のマフラーを巻いた若い女性が、人待ち顔で周囲を見回していた。わたしは彼女に近寄って挨拶《あいさつ》した。

彼女はわたしを見てから、次に美久月を見た。

「こんにちは。美久月さんとお連れの方ですね」彼女は云った。「私は藤堂《とうどう》あかねと申します。岩倉さんの云いつけで、お迎えに上がりました。劇団で女優をなさっている美久月さんですよね」

「そうです」美久月はそっけなく返した。「『アルファベット荘』に着くまで、あとどれくらい時間がかかるの？」

「車で三十分くらいです。どうぞ、お乗りください。お連れの方もご一緒に」

藤堂は手で自動車を示して、運転席に乗り込んだ。

「わたしたちは『お連れの方』だって」

わたしは拗《す》ねてみせたが、ディは僅かに肩を竦めるだけだった。美久月に命令されて、わたしが助手席に座ることになった。美久月とディは後部座席に座る。自動車が静かに発進した。バスの後を追うように、十字路を越えた。

「寒くありませんか？」

「いえ、大丈夫です」

ちょっと寒かったけれど、わたしは遠慮して云った。藤堂は運転しながら、ちちりとわたしを横目に見る。

「あなたは、ええと」

「橘末衣子です」

「ああ。もしかすると、美久月さんと一緒の劇団の方ですね。思い出しました」

今更思い出しても遅い。でもわたしは穏やかに笑って、その通りですと云った。

「そちらの方も、劇団の？」

「いいえ」わたしがディの代わりに答えた。「ディです。彼は劇団員ではありません」

「なるほど」

何がなるほどなのかよくわからないが、藤堂は頷きながらフロントミラーから目を離した。

「パーティには何人くらい集まるんですか」

「あまり大人数ではありません。予定されているお客様は六名になります。ただ、ディさんがいらっしゃることは伺っておりませんでしたので、七名に増えたことになります。パーティと云っても、簡単な夕食会みたいなものですが」

車は街道を抜けて、徐々に寂しい林道に入っていく。対向車の数も大分減ったようだ。空が暗いせいか、立ち並ぶ木々の影が不気味に見えた。藤堂はカーラジオをつけた。哀しげなクラシックが流れた。周波数を替えて、天気予報を聞く。

『シベリアからの寒気団による影響で、東北一帯は非常に冷え込んでいます。ところによっては吹雪く可能性もあるので、車の運転には充分注意してください』

「どうりで寒いわけですね」藤堂が云った。「後十五分くらいで着きます」

『岩手県全域に大雪警報が出されています』

窓越しに頭上を見ると、空は今にも降り出しそうな様子だった。灰色の重たい雲の向こうに、沢山の雪がぎゅうぎゅうに詰め込まれているかのようだ。

道はますます寂しくなっていく。

美久月はぶつぶつと独り言を呟《つぶや》いていたが、ディはまったく沈黙したままだった。大丈夫、ディはちゃんとそこにいる。時々彼の存在を確認しないと、彼がいつの間にか消え去ってしまいそうで怖い。誰かが彼の存在を認めてあげなければならないのだ。

わたしはラジオの天気予報に耳を傾けながら、林ばかりの風景を眺めていた。ほとんどの木が葉を失って、裸になっている。刺々しい枝の先が、暗雲の空に突き出ている。この場所に訪れるなら夏の方がいい。きっと綺麗な枝葉がさらさらと揺れる涼やかな道に見えることだろう。わたしは手袋越しに指先を擦《こす》り合わせて温めながら、夏の木洩《こ も》れ日を想像していた。

わたしたちを乗せた車は、急に崖《がけ》沿いの小さな道に出た。左手に連なるガードレールが心もとなく見えるほど、崖下の風景は圧巻だった。さっきまでわたしたちがいた町の全景が見渡せる。随分と遠くにきたものだ。わたしは車が崖から落ちないか心配だった。

「そろそろ到着です」

崖を越えて、更に林道を抜けた頃、藤堂が云った。

わたしの目に映ったのは、白い洋館風の建物だった。ドイツやフランスの町並みに紛れていても、自然と風景に溶け込めそうだ。今にも建物の中からピアノの洒落《しゃれ》た旋律が聞こえてきそうだった。けれども建物は森に囲まれていて、暗い影の中にあった。空模様のせいもあってか、やや不気味な印象を受ける。

「こちらが『アルファベット荘』です」

「綺麗なお屋敷ですね」わたしは云った。「どうして『アルファベット荘』と呼ばれているのですか」

「屋敷のいたるところに、アルファベットの大きなオブジェが置かれているからですよ」藤堂は微かに眉をひそめた。「私も初めて見た時は、少し不気味に思ったくらいです。昔、この辺りに住むようになったカトリックの宣教師《せんきょうし》たちが、盛岡の資産家の援助を受けて建てたものだそうです。庭のアルファベットは、もともと殉教者《じゅんきょうしゃ》のための墓碑だったという噂ですが、本当のところはわかりません。後に『アルファベット荘』は個人に売却されて、数々の所有者の手に渡りながら、増改築されていったそうです。おかげで初めは数個だったアルファベットも、今では二十六個全部揃っているみたいです。金持ちが面白がって増やしたということです」

藤堂は建物の前に車を停めた。わたしたちは車を降りた。雪がちらちらと舞っていた。

「では、中に入りましょう」

藤堂が先頭になって、『アルファベット荘』の玄関をくぐった。

3

玄関ホールは広く、奥へと続いていた。足元は固めの絨毯になっていて、靴を履いたまま上がるようだ。正面に硝子張りのフランス窓があり、庭に突き出たテラスへ出られるようになっている。その手前に三つの西洋甲冑が並べられていた。それぞれ微妙に意匠が異なり、一番奥に置かれた鎧《よろい》は鉄の板を組み合わせただけの無骨なもので、一番手前に置かれた鎧は、板金の表面に溝や彫刻の施された豪華なものになっていた。中央の鎧だけが剣を腰に提げている。なんだか今にも動き出しそうだ。

三つの鎧の横に、大きな『W』の形をした石が置かれていた。花崗岩《かこうがん》を加工したものらしく、表面は滑らかな光沢を放っている。わたしの身長と同じくらいの高さがあるので、およそ一メートル半か、それ以上だろう。横幅は両手を広げても間に合わない。

「すごいね」

わたしはディに問いかけるように云った。けれどディは感情のない顔でわたしをちらりと見ただけだった。

「『welcome』の頭文字かしら」

美久月は腕を組んで、石のアルファベットをまじまじと見つめていた。

フランス窓越しに庭の様子が見える。テラスを出てすぐのところに、巨大な『A』の文字が置かれていた。『W』と同じく花崗岩で作られているらしい。大きさは『W』よりも更に一回りも二回りも大きい。背を屈めれば文字の下を充分にくぐることができそうだ。『A』の他にも、巨大なアルファベットが庭中に散らばっている。『B』の向こうに『C』があり、『M』の傍に『Q』があった。『P』や『X』があった。柵《さく》で囲まれた平らな芝生に、まるでアルファベットが群生しているかのようだった。

「先にお部屋へ案内いたします」藤堂がフランス窓を開けて、庭に出るようにわたしたちを促した。「庭を抜けたところに別館があります。別館のお部屋をご利用ください」

「庭に出ないと、別館にはいけないんですか?」

「はい」

わたしたちは藤堂の後について、庭を歩いた。『A』の文字を避けて通り、右に『B』の文字を見ながら、左手の方向へ進んだ。正面に白い長方形の建物があった。わたしは寒さのために小走りになりながら、急いで中へ入った。

「シャワールームは各部屋にありますが、トイレは一階の奥にあるだけです。美久月さんたちのお部屋はこちらです」

藤堂は廊下を左に曲がり、客室のある通路へと入っていった。通路を挟んで両側に部屋が二つずつあるようだった。わたしたちは通路の左の部屋へ通された。

「部屋は二つしか用意していないのですが、よろしかったでしょうか」

「ええ。ということで、私とディが一緒の部屋で、ミーコはのけ者ね」

美久月が嬉しそうに云った。

「何でそうなるんですか。駄目です。わたしと先輩が一緒の部屋です」

「どちらの部屋もベッドは二つありますので、ご自由にどうぞ」藤堂は淡々と云った。「鍵は私が預かっていますので、必要でしたらお受け取りください。私はこれから本館の方に戻ります。夕食の時間になったらお呼びしますので、それまではごゆっくりお休みください」

藤堂は頭を下げて、部屋を出ていった。

わたしと美久月は指定された部屋に入る。ディは隣の部屋に入っていった。

正面にカーテンの開いた窓。丁寧なベッドメイキングが施された二つのベッドが並んでいる。美久月はバッグを床に放り投げると、すぐさまベッドに倒れ込んだ。

「眠いわ」

「さっきも車の中で寝てたみたいですけど」

「私は八時間以上寝ないと前後不覚になるのよ」

「先輩、昨日は充分に八時間以上寝てましたよ」

「実は九時間以上寝ないと神経が麻痺するの」

「嘘ばっかり」

美久月は着の身着のままでベッドに横になり、すやすやと寝息を立て始めた。驚くべき入眠能力だ。わたしは呆《あき》れて、美久月のバッグを片付けてから、自分の荷物を整理した。

パーティというから、ちょっとお洒落な服を持ってきたのだけれど、あまり必要でもなかったようだ。胸元に白いぽんぽんのついたワンピース。これはまた別の機会に着ることにしようと思う。さて、何を着ていけばいいのだろう。今着ているニットとプリーツスカートという姿では、カジュアル過ぎるだろうか。わたしはバッグの中を漁《あさ》った。化粧道具や文庫本や携帯電話を横に置いて、畳んで入れておいたタイトスカートとツイード素材のジャケットを引っ張り出す。妥当な線だ。わたしは早速着替えて、脱いだコートや服をクローゼットにかけた。扉の脇に置いてある鏡を覗いて、髪に手櫛《てぐし》を通す。笑ってみる。オーケー。多分。

わたしは耳に穴を開けるのが怖いのでピアスをしたことがないし、指輪はすぐになくしてしまうのであまりつけたことがない。ネックレスは好きだけれど、今日はつけていなかった。身軽だ。

わたしは美久月を置き去りにして、部屋を出た。隣の部屋の扉をノックする。

「はい」

「開けるよ」

鍵はかかっていなかった。扉を細く開けて覗き込むと、ディはベッドに腰かけて、難しそうな顔で、本を読んでいた。

「何読んでるの?」

「『オズの魔法使い』です」

「あら、そう」わたしは肩透かしをくらったような気分で、部屋に入った。「なかなか綺麗な部屋だよね」

「ええ」

ディは細めた目を僅かにこちらに向けて、小さく頷いた。けれど別に部屋のことなど初めから気にしていない、といった表情だった。ディは本当に硝子でできた人形みたいだ。彼は透明なのだ。人間らしさが感じられない。おまけに、わたしが着替えたことに対して、何の感想も抱かなかったらしい。

「美久月さんは？」

「寝ちゃった」

「よく寝ますね」

「九時間以上寝ないと死後硬直するんだって」

「死後硬直？」

「あ、神経が麻痺するんだったかな。どっちでもいいや。それより先に、わたしたちだけでも岩倉さんに挨拶してきましょうよ。それが礼儀だと思うわ」

しかし実際のところ、岩倉がどこにいるのか、わたしにはわからなかった。取り敢《あ》えずわたしたちは別館を出ることにした。雪のちらつく中、異様なアルファベットの立ち並ぶ庭を抜けて、テラスから本館に入る。いちいち外に出なければならないのは、非常に面倒だ。別館はもともと来客者のための建物ではなかったのかもしれない。

右手に延びる廊下を進み、左手の大きな扉を開けた。どうやら応接間らしく、黒い革製のソファがテーブルを囲んでいた。使われなくなって何年も経ったような暖炉が部屋の隅に見える。

マントルピースの上には英語の辞書や聖書やペーパーバックが並べられていた。

ソファには若い女性が座っていた。髪はストレートのセミロングで、タイトスーツを着ていた。彼女は足を組んで、片手にコーヒーカップを手にしていた。わたしたちが部屋に入ってきたのに気づいて、顔を上げる。

「あら、こんにちは。橘未衣子さんね？」

「どうも、はじめまして」わたしは頭を下げた。「どうしてわたしの名前がわかったんですか？」

「演劇のパンフレットであなたの写真を見た」彼女はコーヒーカップをテーブルに置いた。「私は遠笠麗《とおがされい》。よろしく。あなたたちも岩倉に呼ばれた客ね」

「はい。岩倉さんは今、どちらにいらっしゃるでしょうか」

「いないよ」

「外出されているんですか？」

「岩倉清一はもうこの世にはいない」

遠笠は軽く両手を開いて、肩を竦めた。

「どういうことですか？」

「私たちは岩倉の亡霊に招待されたってこと」遠笠はくすくすと笑った。「橘さん、そんなに怖そうな顔しないで。岩倉は昨年の十月頃に、美術品の取引先だったオーストリアで行方《ゆくえ》不明になっているわ。ホテルを出たところまでは、フロントのスタッフに確認されているけれど、その後の消息は不明。ウィーンの郊外で、彼の利用していた車が発見されたけれど、誰も乗っていなかった。座席には大量の血痕と、硝煙反応。つまり誰かが銃で撃たれ、連れ去られたというわけ。以上、事実報告。私の推測では、彼は商売上のトラブルで殺された可能性が高い。彼の最後の取引相手は、多少よくない噂のある国際企業を後ろ盾にしていた気配がある」

「あの、遠笠さん」わたしは口を挟んだ。「どうしてそんなことまで知っているんですか?」

「調べたからだよ」遠笠はさばさばとした調子で答えた。「世の中、調べれば何だってわかるような仕組みになっているんだよ。もっとも、何処まで深く調べるか、自分の中で区切りを決めておかないとキリがないけど」

「岩倉さんがいないのに、誰が僕らを招待したのでしょうか」

珍しくディが質問した。遠笠はディを横目に見て、意味深な微笑を零《こぼ》した。

「さあ、誰かしら。ところであなたがディさんね。京都の方で、いろいろと活躍していたみたいね。何度か見かけたこともある」

「ディのことを知っているんですか?」

「まあね」

どうも遠笠という女性は摑《つか》み所がない。

わたしとディは遠笠の正面のソファに座った。

「遠笠さんも、招待されてここにこられたのですよね?」

「そうだよ」

「誰からの招待だったんですか」

「だから、岩倉だよ。手紙を無視していたら、電話で招待してきた。機械で巧妙に声を隠しているみたいだったな。声を録音しておけばよかったんだけど、気づくのが遅くてね。図書館で新聞を調べてみたら、オーストリアでの邦人行方不明事件の記事が載っていた。『アルファベット荘』については一行も書かれていなかったけれど、岩倉がこの屋敷を所有していたことは事実だね。けれどおかしいのは、彼が行方不明になってからも、依然として屋敷の管理が行なわれてきたということ。誰かが指示を出して、時折家政婦のバイトを雇っているみたいなの。今も家政婦として二人の大学生が雇われている」

「岩倉さんは生きているんじゃないですか?」

「どうかな。むしろ誰かが岩倉になりすまして、屋敷の所有者を気取っていると考えた方がいい」遠笠は足を組み替えて、ソファの背もたれに背中を預けた。「岩倉はおそらく死んでいるな。車内から検出された血液は彼のものだったし、実際にウィーンの警察は、岩倉を殺した犯人と思われるマフィアの一人を捕捉《ほそく》しているそうだ」

「岩倉さんが亡くなっているとしても、誰がどうして、『アルファベット荘』にわたしたちを招待したのでしょうか」

遠笠はわたしの質問には答えずに、首を傾げた。

「あなたたちはどうなの? 岩倉の知り合い?」

「いいえ、名前も知りませんでした。招待を受けたのは美久月先輩で、ほとんどは手紙でやり取りしていました。わたしは岩倉さんの顔を見たこともないですし、声も聞いたことがありません。わたしとディは付き添いできただけなんです。先輩は面倒くさがって、返信の手紙をわたしに書かせたりしましたけれど」

「手紙は手書きだった？」

「いいえ、ワープロの文字でした」

「用意周到だな」遠笠は腕を組んだ。「岩倉を名乗る謎の人物は、どうしても私たちをパーティに招待したかったみたいだね」

「一体何のパーティなんでしょうか」

「まあ、直にわかるでしょ」遠笠は短く云って、立ち上がった。「私は部屋に戻る。まだメンバーが揃ってないみたいだから、集まるまで本でも読んでるよ」

遠笠は扉を開けた。廊下に出ようとしたところで、振り返ってわたしたちを見た。

「そうだ。あなたたちにも名刺を渡しておこう。困ったことがあったら、いつでもおいで」

スーツの内ポケットから、二枚の名刺を取り出す。わたしとディは名刺を受け取った。

名刺には『遠笠興信所　探偵　遠笠麗』と書かれていた。

「探偵さんですか？」

「そうだよ」

遠笠は簡単に返事をすると、応接間を出ていってしまった。なるほど、探偵ならば岩倉に関する情報を素早く集められたかもしれない。しかし何故興信所の探偵がパーティに招待されたのか、理由はわからなかった。

わたしとディは顔を見合わせた。わたしは楽しいパーティを期待していたのだけれど、どうやら期待通りにはいかないような気がしてきた。

「ただのパーティではなさそうですね」

ディは云った。わたしもまったく同じ予感を抱いていた。

応接間の扉がノックされ、家政婦の藤堂が入ってきた。藤堂は白いエプロンを着けていた。彼女はわたしたちを一瞥してから、部屋の中を見回す。

「遠笠さんはお部屋に戻られたのですか?」

「ええ、さっき出ていきましたよ。ところで藤堂さん。岩倉さんが何処にいるか、知りませんか?」

「はい、存じません。パーティの時間には姿を見せると、指示書には書かれていましたが」

「藤堂さんたちは、指示書通りに働いているだけで、直接岩倉さんから指示を受けたわけではないの?」

「はい」

「いつからこの屋敷に?」

「昨日からです。もう一人のバイトの破麻崎さんという方も、昨日から仕事をしています」

「他の客は、もうきているの?」

「いいえ、破麻崎さんが迎えにいっています。もうそろそろ到着される頃かと思います」藤堂はちらりと腕時計を見た。「パーティは午後八時に始める予定になっています。あと三時間ほどですね。よろしかったら、コーヒーでもお持ちしますけれど」

「あ、はい。お願いします」

わたしが云うと、藤堂はテーブルに残されていたコーヒーカップを持って応接間を出ていった。再び部屋が静かになった。わたしは深い溜息をついて、ソファに深く座り直す。ディは鋭い目つきで、窓の方を見つめていた。

暖炉の横に小さな棚があり、その上にラジオが置かれていた。わたしは立ち上がってラジオを手に取り、ソファに戻った。電源を入れてみる。ノイズが聞こえた。周波数を替えていると、やがてニュース番組に当たった。


『今晩は雪になりますので、車をご利用の際はお気をつけください』


わたしは雪が好きだ。ずっと東京に住んでいるので、それほど沢山雪に接した経験はないけれど、一年に数回、街が白く染められるのを見ると、とても素敵な気分になる。雪の積もった夜は少し明るくて、独特の雰囲気がある。けれど今晩の雪は、どうもわたしが好きな種類の雪にはならないようだ。

しばらくして藤堂がトレイにコーヒーカップを二つ載せて、戻ってきた。彼女はわたしとディの前にカップを置くと、失礼しますと云って部屋を出ていった。藤堂は見た目の若さのわりには、しっかりしている女性だ。わたしより大人っぽい気がする。多分身長のせいだ。わたしは結構背が小さい。別にコンプレックスは抱いていないけれど。

ディがずっと無言でいるので、わたしも特に喋ることはなく、黙ってコーヒーを飲んだ。

『では引き続きニュースをお伝えします。愛知県名古屋市で起きた女性バラバラ殺人事件において、警察は今日、被害者のものと見られる遺留品の一部を公開しました。遺留品はブランドもののバッグで、中は空でした。なお現在のところ、発見されているのは両腕と右足のみで、被害者の特定が急がれています』

わたしはラジオの電源を切った。

扉の向こうで、がやがやと人の声が聞こえた。扉が開けられ、まず先頭に立っていた三つ編みの可愛らしい女性が入ってくる。

「どうぞ、お入りください」

彼女は応接間の中を片手で示した。どうやら彼女がもう一人のアルバイト家政婦、破麻崎らしい。彼女は黒いセーターに、白いフリルのついたエプロンを着けていた。大学生と聞いていたけれど、藤堂と比べると、ずっと幼く見えた。

続いて二人の男女が入ってきた。男性の方は茶色に髪を染めていて、黒のダウンジャケットを着ていた。女性の方は、短めのボブカットで、溌剌《はつらつ》とした印象だ。二人は寄り添うように歩いていた。どうやら恋人同士のようだ。

最後に入ってきた男性は、小柄な青年で、穏やかな顔つきだった。大きなバッグを肩から提げている。

「ああ、寒かったなあ」彼は呟いて、わたしたちの正面に座った。「はじめまして。あなた方も、岩倉さんに招待されたのですか?」

「はい。はじめまして。橘といいます」

「三条信太郎《さんじょうしんたろう》です」

彼は頭を下げて云った。

「ねえ、パーティって何のパーティなのよ」女性が扉口に立ったまま云った。「お金になりそう?」

「どうかな」男性が笑う。二人は揃って斜向《はすむ》かいのソファに座った。「俺は古池《ふるいけ》ミノル。で、こっちが泉尾桜子《いずみおさくらこ》。ミノルと桜子のラブラブカップル、と覚えといてくれ。よろしく」

「こんなに寒いところだとは思っていなかったわ」桜子が不服そうに云った。「一日中気温がマイナスのままだって。冷凍庫じゃないんだから」

「そう云うなって。冷凍庫はもっと寒いぜ」

ミノルが桜子をなだめた。

「このままじゃ凍っちゃうよ」

「凍ったら俺が温めて溶かしてやるよ」

「ほんとに?」

「もちろん」

「ほんとにほんと?」

「ああ」

「うわーい」

やれやれ。わたしはあっけにとられながら、ミノルと桜子の会話を聞いていた。

家政婦の破麻崎はいつの間にか姿を消していて、応接間に残ったのは客ばかりだった。

「皆さん、岩倉さんとはどんなご関係で?」

真面目そうな顔で、三条が訊《き》いた。彼はコートを脱いで、膝に置いていた。荷物は足元に置かれている。

「俺たちは大分前から、岩倉さんと仲良くさせてもらってるんだ」ミノルが云った。「ここ一年くらい音沙汰《おとさた》なかったが、いきなりパーティの招待だ。喜んで飛んできたのさ」

「飛んできたのさ」

桜子が同じ口調で真似《まね》る。

「美術関係のお仕事を?」

「いや、美術とは関係ない。ちょっとした頭脳労働ではあるけどね」ミノルは気取った様子で、自分のこめかみに人差し指を当てる。「で、あんたはどうなの。岩倉さんの知り合い?」

「僕は仙台の大学で助手をやっています。岩倉さんとは昔、仕事の関係で知り合いました。過去にも何度かパーティに呼ばれたことがありますが、今回は一年ぶりくらいになるのかな」

「あんたは?」

ミノルはわたしを指差して云った。

「わ、わたしは、東京の小さな劇団で働いてます」

女優です、とはあまり大きな声で云えない。我ながら情けないと思った。ついでにディのことも紹介した。説明が面倒だったので、演劇仲間ということにしておいた。ディは一言も喋らなかった。

「これで全員?」

ミノルは足を組んで、ソファに座るメンバーを見回した。

「いいえ」わたしは云った。「わたしの先輩がいます。それと、さっきまでここにいたのですが、遠笠麗という女性の方も」

「遠笠? どっかで聞いたことがあるな」ミノルは桜子の方を向いた。「誰だっけ?」

「わかんない」

遠笠が探偵であることを教えようと思ったが、彼女の仕事に支障が生じるとまずいと思ったので、黙っておいた。

「あなたの先輩というのは、美久月さんですよね?」三条が尋ねた。「舞台を見たことがありますよ。とても美人な方だったなあ」

「何、美人?」

素早く反応したミノルを、横から桜子が叩いた。

「あの、あんまり期待しない方がよいかと」

わたしは控えめに云った。自堕落な美久月の姿を見たら、たちまち興ざめしてしまうかもしれない。確かに外見こそ美しいけれど、性格は破綻しているのだ。

「ミーコ」

突然美久月の声が聞こえた。わたしは驚いて周囲を見回した。ミーコ、ミーコと、人を猫みたいに呼ぶ声がする。応接間の扉が開かれていた。驚くべきことに、美久月は扉口に寝転がっていた。腹ばいのまま、肘を突いて顎を支えている。

「うわっ。先輩、どうしてそんなところに寝ているんですか?」

「何処で寝ても人の勝手でしょ」美久月は平然と答える。「部屋にいてもつまんないから、こっちにきてみた」

ミノルと三条は、唖然《あぜん》となって美久月を見ていた。彼らは床に寝転がった美久月の姿に拍子抜けしていたが、それでもやはり、彼女の美しさに釘《くぎ》付けになっていることは確かだった。大抵の男性は、初めて美久月を目にした時、決まった行動を取る。呆然と見つめるか、呆然と見つめてしまいそうになる自分を取り繕うかの、どちらかだ。

「何の話をしてるの?」

美久月が肘を突いたまま尋ねた。

「簡単な自己紹介ですよ」三条が云った。「はじめまして、美久月さん。僕は三条と云います。

何度か舞台を観させていただいています」

「俺、古池ミノルですっ。よろしく、美久月さん。こう見えても俺、貯金は結構あります」

桜子が再びミノルを叩いた。

「じゃあ私からも自己紹介」美久月は寝そべったまま、にっこりと笑って云った。「美久月美由紀です。趣味はファミコンです。未だに『スペランカー』がクリアできません」

「先輩、どうでもいいですけど、そろそろ起きてくださいよ」

わたしは美久月の腕を引っ張って、無理矢理立たせた。美久月は渋々といった態度でどうにかソファに収まった。

「美久月さんも、岩倉さんとお知り合いで？」

三条が尋ねた。

「いいえ。岩倉なんて小太りのおじさんは知らないわ」

「どうして小太りだと知っているのですか？」

「何となく、イメージで云ってみただけ」

「招待を受けられたのですよね？」

「ええ。手紙がきて、断りの返信を送ったら、もう一度きた」

「皆さんのところにも、招待の手紙がきたのですか？」

わたしは尋ねた。

「そうです。簡単な招待状でした。以前は電話で出欠を確認されていたので、今回は趣向が違うなと思ったのですが」

「俺たちのところにも、招待状がきたな。持ってくるの忘れたけど。招待されたのは桜子の方だった。俺は付き添い。というか、生涯のパートナー」

「やだあ、ミノルったら」

「どういう基準で皆さんが招待されたのでしょうか」

わたしは誰に訊くともなしに、呟いていた。もしかするとディが答えてくれるかもしれないと期待したけれど、やはり彼は存在感をまったく無にして、黙ったままだった。

「面識のない人たちばかりですね」三条が云った。「いつもは美術関係の知り合いが多く集まるのですが」

「何だか、怪しくない？」桜子が髪の毛の先を撫でながら云った。「ミノル、ビジネスチャンス到来かもよ。お金になるかもよ」

「ふむ」ミノルは腕を組む。「奇妙な屋敷に集められた客たち。彼らはまだ何も知らない。といったところか」

「実は」

わたしは、岩倉清一がオーストリアで行方不明になっていることを皆に伝えた。岩倉が既に死亡しているかもしれないこと、そして何者かが『アルファベット荘』を管理しているらしいこと。情報はすべて遠笠の受け売りだ。

「その話は本当なのですか？」三条が驚いた様子で尋ねた。「仮に遠笠さんという方の云っていたことが事実だとしても、誰が何のために僕たちをパーティに招待したのでしょうかねえ」

「逃げ出すなら今のうちかな。雪が降ったら、車で山道を下るのは難しそうだしね」ミノルはにやにやと笑って云った。「しかし外国で日本人が行方不明になったら、もっとマスコミに騒がれていてもおかしくないと思うぜ。殺されたって話もあるんだろう？」

「ええ。遠笠さんは、そう云っています」

「警察だって、岩倉の身辺を調べるだろ。当然『アルファベット荘』だって調べられたはずだ。もしも第三者が岩倉の名前を名乗って、管理していたとしたら、すぐに露見すると思うけどね」

「ミノル、何が云いたいの？」

「岩倉さんは生きてるんじゃないか？　やばいことに足を突っ込んで、マフィアかヤクザか知らないが、誰かに命を狙われているんだ。それで死んだことにして、こっそり隠れて生きているというわけだ。もちろん別荘を管理しているのも岩倉さんだ。隠れ家にしては、『アルファベット荘』は目立ち過ぎるかもしれないが」

「じゃあパーティの招待は一体何なの？」

「実は生きてます、ってことを告白するパーティなんじゃないのかな」

「顔見知りでもないのに、そんなことを告白されても迷惑だわ」

美久月はいかにも迷惑そうな顔で云った。

「あのぉ」

小さな声が聞こえて、わたしたちは振り返った。銀色のトレイを持った破麻崎が立っていた。

トレイの上にはコーヒーカップが並べられている。破麻崎はおどおどとした様子で、テーブルにカップを並べた。

「コーヒーをどうぞ」

「これはこれは。どうも」三条が礼を云いながら、カップを受け取った。「破麻崎さんにお尋ねしますが、岩倉さんとはどのような形でアルバイトの契約を交わしたのですか？」

「は、はい。全部書類で済ませました」破麻崎は恐縮するように云った。「何かまずかったでしょうか」

「いや、まずいことはありません。書類などを郵送する際は、宛先《あてさき》はどちらに？」

「市内の郵便局留めで、お送りしました」

「なるほど」

用意周到。遠笠が云った言葉の意味が、次第にわたしにもわかってきた。

「ええと、その」破麻崎はテーブルの傍で何かを云いづらそうにしていた。「あの」

「どうしました？」

わたしは彼女を促す。

「いえ、何でもありません」

破麻崎は逃げるようにして、応接間を出ていってしまった。

「何だありゃ」ミノルが呟いた。「おい、みんな。コーヒーを飲む時は気をつけた方がいいぜ。何かぴりぴりするものが入っているかもしれない。死ぬほど痺《しび》れるようなやばいものがね」

「毒？　まさかあ」

桜子は笑いながら、コーヒーに口をつけた。別に何ともないようだった。

「何か犯罪めいたものを感じるのは、確かなことですね」

三条が落ち着いた口調で云った。しかし彼は特に警戒する様子もなく、コーヒーを飲んでいた。

破麻崎と入れ違いに、もう一人の家政婦である藤堂が応接間に入ってきた。彼女は頭を下げて、わたしたちを見回した。

「パーティの進行は八時からということになっています。会場は本館二階の大広間と指定されています。八時になりましたら、そちらにお集まりください。それまではご自由におくつろぎください」

「俺たち、まだどの部屋に泊まるのか聞いていないんだけど」

「破麻崎さんからお聞きになられませんでしたか？」

「あの姉ちゃん、もじもじしてるだけで、何も云わないんだよ」

「では今からご案内いたします。こちらへどうぞ」

「おう。いくぞ、桜子」ミノルと桜子は立ち上がった。「んじゃ、美久月さん、また後で」

彼は美久月だけに挨拶をして、部屋を出ていった。彼らに続いて、三条が立ち上がり、丁寧にわたしたちに挨拶をしてから、藤堂の後をついていった。

ディとわたしと美久月だけが残されて、応接間は急に静かになった。美久月はコーヒーを飲んでいる。ディは相変わらず、遠くを見るような目で、沈黙していた。腕時計を見ると、まだ六時前だった。

「先輩、時間まで大分ありますけど、どうしましょうか」

「お医者さんごっこでもする？」

「どういう発想ですか」美久月に訊いたわたしが間違いだった。「ディはどうする？　部屋に戻る？」

「はい」ディはちらりとわたしを見て、頷いた。「その前に、屋敷の構造を把握しておきたいと思います」

「どうして？」

「いつ事件が起きてもいいように」

結局ディも、事件のことしか頭にないのだ。事件だけが彼のすべてを構成しているのだから、仕方ない。哀しい話だけれど。

「私は先に部屋に戻って、寝てるわ」

美久月は退屈そうに云った。

4

わたしとディは三十分ほどかけて、『アルファベット荘』の中を歩いた。応接間の戸棚に簡

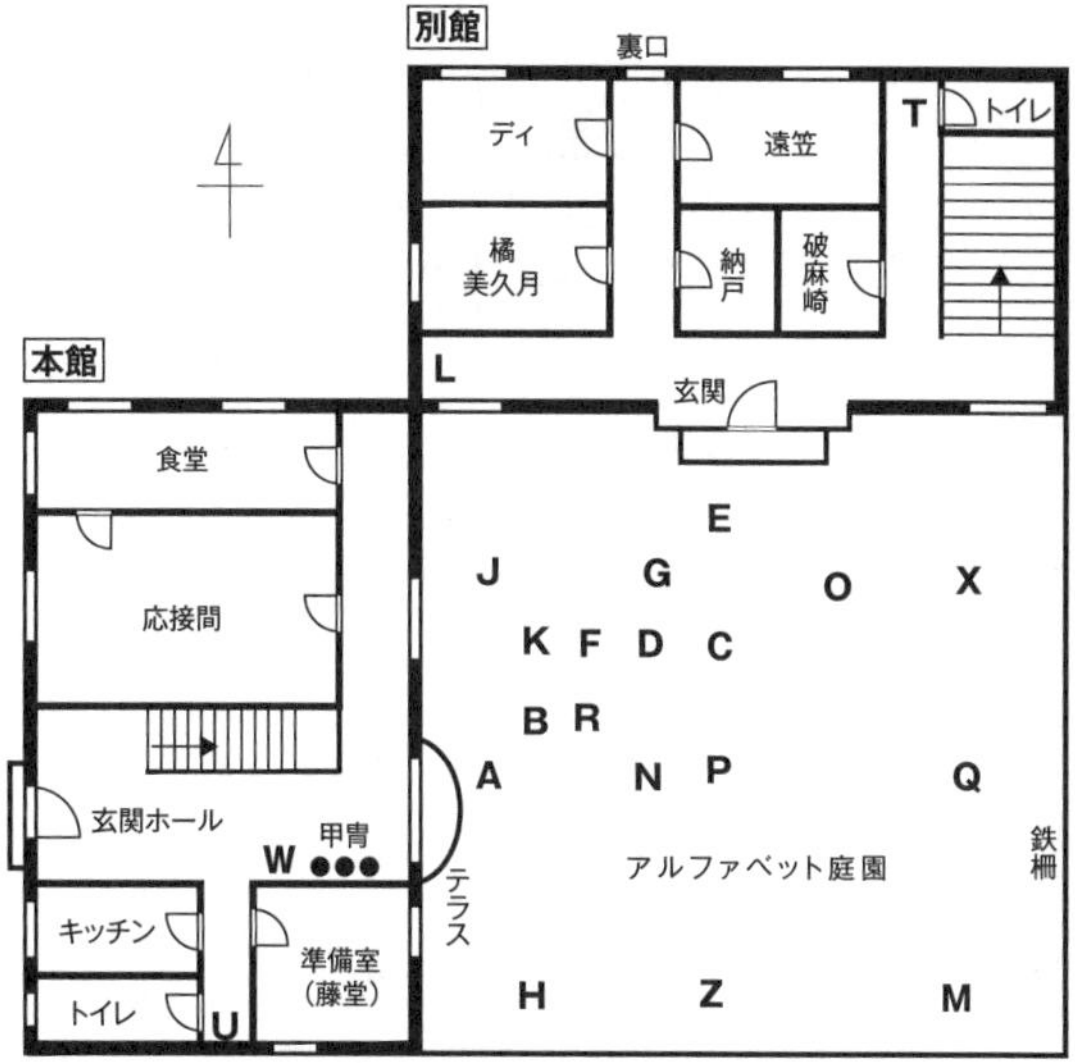

アルファベット荘　見取り図　1階

単な屋敷の見取り図のコピーを見つけたので、いちいちメモを取る必要はなかった。図にはアルファベットが記されていた。どうやら、屋敷の何処に何のアルファベットが置かれているかわかるようになっているらしい。

玄関ホールの脇にある階段から二階に上がる。一階テラスの真上はそのまま二階テラスになっていた。屋根が突き出ているので、雪が積もるようなことはないようだ。庭の巨大なアルファベット『A』は二階テラスからも見ることができた。文字の上部は二等辺三角形を描いていて、わたしの目線より高い位置にあった。それほど巨大なのだ。手を伸ばせば届きそうだ。

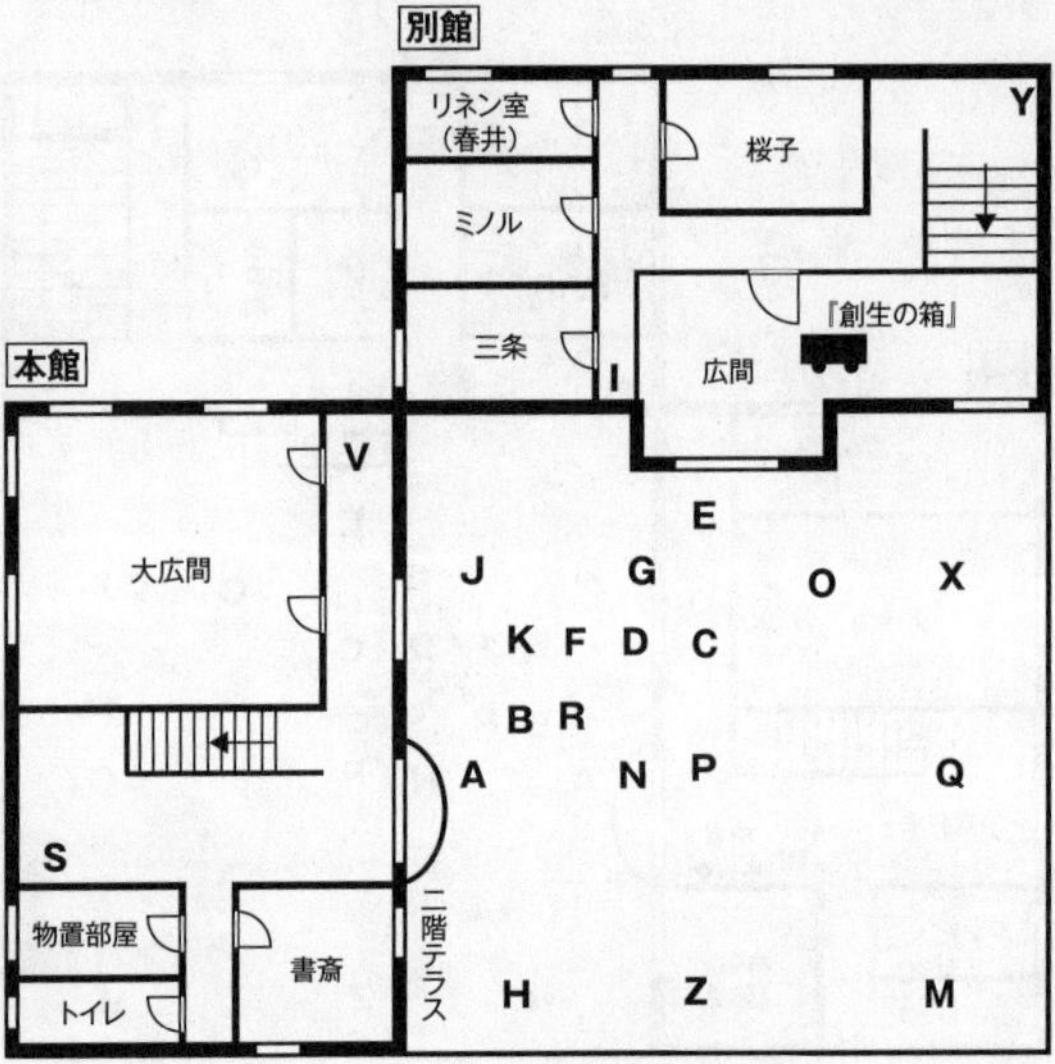

アルファベット荘　見取り図　2階

ったが、寒いのでやめておいた。早々にテラスから屋敷内に引き返す。

　本館の二階の北側に大広間があった。ちょうど応接間の上に当たる。わたしたちは大広間をちらりと覗いてから、すぐに扉を閉じて、次に二階ホールの南西の隅に置かれていた『S』の字を観察した。どうやら花崗岩ではなく、木の板を貼り合わせたものでできているようだった。大きさは玄関ホールに置かれていた『W』と変わらないが、重厚さで云えばやはり劣っているように思えた。大広間の前には『V』が置かれていたが、やはり木製だった。もしかすると屋敷内のアルファベットは、玄関ホールの『W』を除いて、すべて木製なのかもしれない。

わたしは『S』に触れてみた。するとぐらぐらと揺れ始め、危うく倒しそうになってしまった。ディと二人でどうにか立て直した。『S』は安定が悪いようだ。

わたしたちは本館の中を見回り、別館に向かった。粉雪が舞っていたが、まだ積もり始める気配はなかった。

庭を抜け、別館に入る。

別館一階の廊下の北の突き当たりに、『T』、西の突き当たりに『L』があった。二階の階段上の角には『Y』が、廊下の南の突き当たりには『I』が置かれていた。いずれも木製だった。

それらを観察し終えてしまうと、わたしたちはもう何もすることがなかった。

第二章

18:30

わたしとディは別館の自室に向かった。

部屋に戻る途中で、遠笠に出会った。彼女はスーツのポケットに両手を突っ込んで、壁に寄りかかっていた。こちらを見て、にやにやと笑う。頬にかかった髪を耳にかけて、彼女は壁から離れた。

「面白いものがあるんだけど、見にいく？」

「面白いもの？」

「箱だよ」

遠笠は廊下を曲がると、階段を上っていってしまった。わたしとディは彼女を追いかけるようにして、二階へ上がった。階段のすぐ傍の部屋が、広間になっていた。遠笠は扉を開けて広間の中に入った。わたしたちも後から中に入る。

本館の大広間に比べると幾分狭い印象だった。壁際に置かれたグランドピアノや、硝子細工の照明器具や、壁にかけられた静物画などが、落ち着いた雰囲気を作り出している。足元の絨毯はいかにも高価な様子で、わたしたちの足音を一切漏らさず吸い込んでいった。

部屋の中央に、巨大な箱が置かれていた。横幅が長い木製の箱で、表面にはごつごつとした彫刻が施されていた。わたしはその箱を初めて見た時、アルファベットの一つだろうと勘違いした。けれど見た目の形に合いそうなアルファベットは思い当たらない。紛れもなく箱だった。外見は大きめの棺桶といった感じだ。横幅は二メートル弱、高さは七十センチ程度だろうか。箱の底部には木製の車輪がついていて、移動しやすくなっているようだ。

「何ですか？　これ」

「ドイツから渡ってきた、いわくありげな箱。『創生の箱』と呼ばれている」遠笠は箱の傍に近寄って、蓋の表面を撫でた。「美術品コレクターの間では、結構有名な箱だ。そこそこの値段で売買されるだろう。しかしこれが本物かどうかはわからない。けちな岩倉が高価な箱を堂堂と部屋の真ん中に置き去りにしておくとも思えないしね」

「ただの箱じゃないんですか？」

「この箱に関係した人間は次々に死んでいるんだ」遠笠は目を細めて云った。「もっとも、私は箱にも噂にも興味がないからね、よく知らないんだけど」

「箱の中に何が入ってるんでしょうか」

「さあね」遠笠は蓋に手をかけた。「開けてみようか？」

しかし蓋は開かなかった。どうやら鍵がかかっているらしい。鍵は両側面に一箇所ずつつけられていて、すっかり蓋を固定しているようだった。

「ところで、他の客には会ったの？」

遠笠が訊いた。わたしは頷く。

「藤堂って子に招待客の名前を聞いたけど、何か意味深な客ばかりみたいだね。彼らと岩倉に面識があったのかどうか、本人の証言以外には確かめようがないし、あるいは身分さえすべて嘘かもしれないものね。私から云わせれば、あなたたちも充分に怪しい存在だ」

「あ、怪しいことなんてありませんよ」

わたしは慌てて云う。けれど遠笠は全然信用していないようだった。口元を曲げて、微かに笑う。

「長いこと探偵をやってきたわけだけど、今日ほど犯罪的な気配を感じる日はないな。『アルファベット荘』に『創生の箱』。主人のいないパーティに、怪しげな客たち。もう一つ、ちょっとした事件でも起きれば、ストレート・フラッシュといったところかな」

「気にし過ぎじゃないですか？」わたしは少し呆れていた。「ただ招待されただけなのに、怪しい客扱いされても困りますよ」

「気分を害したなら謝る」遠笠は箱から離れて、扉の方へ歩いた。「つもりはさらさらない。人を信用しないのは癖だから」遠笠は部屋を出る前に、振り返った。「美久月さんによろしく。最初に殺されるのが彼女でなければいいんだけど」

わたしとディは黙って彼女が部屋から出るのを見つめていた。わたしたちは箱と一緒に部屋に取り残された。部屋は暖房が効いていないのでひどく寒い。わたしはディの袖を引っ張って、早く自室に戻ろうと云った。ディは『創生の箱』の方を見ていた。

「どうせただの箱だよ。さあ、ディ、早く戻ろうよ」

ディは手を伸ばして箱の表面を撫でようとしていた。わたしはディを引き摺《ず》るようにして、広間を出た。

階段を下りたところで、わたしは危うく誰かにぶつかりそうになった。謝りながら避けてみると、家政婦の藤堂だった。藤堂の後ろには、見知らぬ男性が立っていた。ノンフレームの眼《め》鏡《がね》をかけていて、深い紺色のトレンチコートを着ていた。灰色のマフラーが首に巻かれている。眼鏡の奥の目つきが聡明《そうめい》な印象を抱かせた。おそらく三十歳前後だろう。髪はそれほど長くはなく、無造作に後ろに流されている。

「どうもはじめまして」彼は立ち止まって頭を下げた。「あなたたちが、岩倉さんに招待されたお客さん？」

「はい」

わたしは訝《いぶか》しみながら頷いた。

「今夜はどうやら雪になりそうですね。北欧の妖精は雪が降ると森の中で踊るそうです。さすがにこの辺りでは妖精の話は聞きませんがね。ところで、あなたが噂の美久月美由紀さんですか？　噂通りお美しい」

「いえ、わたしは橘未衣子です」

「おや、では美久月さんはどちらに？」

「部屋で寝てます」わたしは短く答えた。「どうして美久月先輩のことを知っているんですか？」

「さっき藤堂さんから聞きました」彼は眼鏡の位置を直しながら云った。「私は春井真那《はるいまな》といいます。文筆業を生業《なりわい》にしていますが、考古学や美術品が趣味でして、岩倉さんとは昔から懇意にさせてもらっています。盛岡で仕事を終えた帰りに、ついでにこちらに寄らせてもらいました。どうやら岩倉さんは不在のようですね」

「岩倉さんに招待されたわけではないんですか？」

「ええ。今日パーティがあるということも知りませんでした。賑やかな日にきてしまったみたいですね」

春井は肩を竦めて、僅かに苦笑した。藤堂が彼を促し、二階に上がっていった。春井はわたしたちに小さなお辞儀をしてから、姿を消した。彼の部屋は二階のリネン室をあてがわれることになるようだ。

わたしとディは部屋に戻った。ディの部屋だ。ディは何も云わずにベッドに座ると、澄んだ瞳で真っ白な壁を見つめ、時計で時刻を確認し、前髪を少し払うと、手持ち無沙汰そうにシーツの上の文庫本を手に取った。ぱらぱらと頁を捲《めく》る乾いた音がする。わたしは窓際の安楽椅子に座って、彼の様子を見守っていた。彼は視線を上げて、ちらりとわたしを見た。けれど無言のまま、すぐにまた本を読む。

事件がなければ、彼はただの無口な青年にしか見えない。存在感すらまったく感じさせないのだ。もしも仮に、この世から奇怪な不可能犯罪が消えてなくなれば、彼は存在できなくなってしまうのではないだろうか。

一つだけ確実なのは、滅多に不可能犯罪など起こらないということだ。現実の世界になかなか名探偵が現れないのは、その才能を持った人物が生まれてこないからではなく、彼らを必要とするような事件が起こらないからだ。わたしたちの周りで起きる事件は大抵煩雑で、衝動的なものだ。夕方のニュースに密室殺人が報道されることなどほとんどない。

「ねえ、ディ」わたしはディの隣に腰掛けた。ベッドのスプリングが僅かにへこんだ。「もう二度と事件が起きなかったとしたら、あなたはどうするの？」

「考えたことはありません」

彼らしい答えだと、わたしは思った。

しばらく、本を読むディの姿をぼんやりと眺めていた。けれど次第に飽きてきて、わたしは自分の部屋に戻ることにした。

「時間になったら、一緒に本館にいこうね」

わたしは云い置いてから、部屋を出た。すぐ隣の部屋に移動する。扉の鍵はかかっていなかった。用心のために、後で藤堂から鍵を借りてこよう。わたしは扉を開けて中に入った。ベッドには美久月が横たわっていた。背をこちらに向けて眠っている。

空いている方のベッドに腰かけて、バッグの中の荷物を整理した。ほとんどは洋服だった。一通り整えてしまうと、わたしはすっかり退屈になってしまった。パーティの時間まで、まだあと一時間近くあるようだった。窓の外は真っ暗で何も見えない。

わたしは藤堂から鍵を借りてこようと思い、音を立てないように部屋を出た。まだ彼女は二階にいるかもしれない。わたしは階段を上がって、周囲を見回した。さすがにもう本館に戻ったのだろうか。

広間の扉が開いていて、中から光が漏れていた。わたしはゆっくりと扉に近づいて、中を覗いてみた。『創生の箱』の傍に、さきほど現れた長身の男性、春井が立っていた。春井の隣には藤堂がいる。藤堂は最前までの事務的な無表情を崩して、恥じらうような笑顔を浮かべていた。春井と藤堂は仲がよさそうに話している。

しばらく覗いていると、藤堂が春井の手を取って、愛しそうに撫でた。

わたしは何も見なかったことにして、立ち去ろうとした。ところがドアノブに肘をぶつけて、大きな音を立ててしまった。しかも腕はじんじんと痛んだ。

「ん？　誰かいるんですか？」

春井の声が聞こえた。

「ご、ごめんなさい。すみません。覗き見するつもりはなかったんです」わたしはすかさず謝った。「あの、藤堂さんから鍵を借りようと思って、ちょっとうろうろしていたら、ここの扉が少しだけ開いていたので、その」

「鍵は本館の方にありますので、後でお渡しします」

藤堂は抑揚のない口調で、淡々と云った。彼女はそれだけ云うと、わたしの脇を抜けて、部屋を出ていってしまった。怒っているようにも見えたけれど、普段も同じような調子だったので、実際のところはわからない。

春井は『創生の箱』に寄りかかるようにして立ち、左手をポケットに入れた。右手で眼鏡の位置を直す。

「藤堂さんはさっき会ったばかりで、今までに面識はありません。勘繰るだけ無駄ですよ」

「でも、いい雰囲気でした」

「まあ、何故かそういう雰囲気になってしまったみたいですね。特に彼女の方が。私は特に興味もないですが」

春井はやけに冷淡な様子だった。

「ここで何をしていたんですか?」

「箱を見学していたのですよ」春井は蓋をとんとんと叩いた。「『創生の箱』については、ご存じですか?」

「ちょっとだけ聞きました。箱に関係した人は死ぬとか」

「ええ。その通りです。岩倉さんが『創生の箱』を購入したと聞いて、以前からずっと見てみたいと思っていたのですよ。なかなか仕事が忙しくて、こちらにはこられなかったのですが、ようやく今日、念願が叶ったというわけです。確かに噂通り、壮麗な彫刻だ」

「でも不気味じゃありませんか?」

「確かに。多くの人間の血を吸ってきたからでしょうかね」

春井は『創生の箱』から離れて、わたしの方に近寄った。近くで見ると、彼は精悍《せいかん》な顔つきで、目つきも鋭かった。

「『創生の箱』に関する話は本当なのですか？」

「おおむね、本当です。今ではどれがデマでどれが本当のことなのか、区別がつかないといった状況ですね。もともと『創生の箱』は十七世紀にヨーロッパの何処かの国で作られたものだと云われています。南フランスという説がもっとも有力ですが、ウェールズのケルトに関係した土地が発祥だとも云われています。当時、魔術師として名を馳《は》せた一人の男が、『創生の箱』を使って、中に様々な物体を出現させてみせたそうです。空っぽのはずの箱の中に、いつの間にか物体が入り込んでいるのです。魔術師は貴族たちに歓迎されて、地方の政治にまで影響を及ぼしたと云われています」

「詳しいんですね」

わたしは感心して云った。

「ええ、まあ。ちなみに、岩倉さん以前に『創生の箱』を所有していたドイツ人は、実際に箱に殺されたそうです」

「箱に殺された？」

「ええ。ジークベルトという大学教授で、幾何《きか》学の分野では有名な人でした。彼は七年前に、箱の蓋に首を挟まれて亡くなりました。歳は五十三。死因は窒息死。『創生の箱』に頭を突っ込んで中を調べている際に、何かの拍子に蓋がスライドして閉まってしまったという、不幸な事故だったと伝えられています。蓋が閉まった原因については不明。第一発見者となったジークベルト夫人は、『夫が箱に呑《の》み込まれている』と半狂乱の状態で警察に通報したそうです。おまけに、彼が死ぬ九年前には、『創生の箱』にまつわる不可解なバラバラ殺人事件が起こっているのです。新聞にも取り上げられましたから、これらの逸話は事実として残されているわけです。憶測やデマではなく、箱が本当に死に関わっているということの証拠が現存しているのですよ」

「ますます不気味な感じがしてきました」

わたしは肌寒さを覚えながら、『創生の箱』から離れた。近寄ったらわたしまで呪いをもらってしまうかもしれない。

「ところで、橘さん」春井は急に深刻な顔つきで、眉間《みけん》にしわを寄せた。「MOという言葉をご存じですか?」

「光磁気ディスクですね」

わたしは得意げに云った。しかし春井は首を振った。

「『Mysterious Objects』、頭文字を取ってMOです。直訳すれば『謎の物体』という意味になります。『Unidentified Flying Object』をUFOと呼んだり、『Unidentified Mysterious Animal』をUMAと呼んだりするのと同じですね。奇現象学の用語です。『創生の箱』はMOの一つと考えられています」

「どういうものをMOと呼ぶのですか」

「奇怪な伝説を有するアンティーク品や宝飾品、美術品などがMOと呼ばれます。例えば所有者の家は必ず火事に遭うという絵画、座った者には必ず死が訪れるという椅子、身につけた者は不幸に襲われるという宝石。モンテスパン夫人の『ホープダイヤ』は有名ですね。現在ワシントンのスミソニアン博物館に眠っている巨大なダイヤは、三十人以上の所有者を次々と不幸な目に遭わせたといわれています。典型的なMOですね。また、十三世紀のフランスから伝わる『六人の首なし騎士の短剣』も有名で、現在六本の短剣は世界中に散らばっていて、行方が知れません。短剣の所有者は必ず狂うと云われています。こういった、人に不幸をもたらすものがMOです。『創生の箱』もまた数多くあるMOのうちの一つなのです」

「何でそんな危ないものが、こんなところに放置されているんですか」

わたしは『創生の箱』から、さらに距離を取った。

「わかりませんね」春井は肩を竦めて云った。「岩倉さんの趣味であることは確かですが」

「あ、その岩倉さんですけど」

わたしは再び、遠笠から聞いた岩倉のことについて話した。

「本当ですか？」

「わたしも聞いただけなので、詳しくはわからないですが」

「遠笠さんに直接会って、聞いてみたいところですね」春井は腕を組んだ。「パーティは何時からでしたか？」

「八時に、本館二階の大広間で」

「私が参加しても、構わないですね」

春井は一人で頷きながら云った。

わたしたちは部屋を出て、廊下で別れた。わたしは階段を下り、部屋へ向かった。

19：45

扉を開けると、わたしの気配に気づいたのか、美久月がむっくりと起き上がった。とぼけた顔で振り返って、わたしを見つめる。

「おはよう、ミーコ」

「先輩、随分寝ていましたね」

「私の蛙《かえる》さんは何処？」

「何を寝ぼけているんですか。もうすぐ時間ですよ。早く身支度してください」

「ああ、ここは東京じゃなかったわね」

美久月は我に返ったように、周囲を見回していた。長い髪がばさばさになって乱れている。ワンピースにもしわができていた。だらしない。

「八時から本館でパーティですよ」

「面倒」

「ここまできておいてずる休みは駄目ですよ」

「壮絶に眠いわ」

美久月は立ち上がって、廊下に出ようとする。

わたしは慌てて彼女を引き止めた。

「ちょっと、先輩。何処いくんですか」

「本館じゃないの？」

「いや、そうですけど。髪くらい直しましょうよ」

「どうして髪を直す必要があるのよ。ミーコ、あなたっていちいち細かいことを気にし過ぎだわ」

「先輩がずぼら過ぎるんですよ」

わたしは自分のバッグから櫛を取り出して、暴れる美久月の髪を梳《と》かした。美久月の髪は柔らかいからすぐに真っ直ぐに戻る。服装については処置なしだ。わたしの服ではサイズが合わないし、美久月は他に用意してきていないというのだからどうしようもない。しわが寄っていても、さすがに美久月なら充分美しい。

「お化粧はしなくていいんですか？」

「肩より上に手を上げていると疲れるのよ」

正真正銘の面倒くさがり屋だ。わたしは呆れてものも云えなかった。

わたしは鏡で自分の服装をチェックした。エチケットブラシで軽く服についた埃《ほこり》を払う。

「さあ、渋々いくわよ」

美久月はおかしな宣言をして一人で廊下に出ていってしまった。わたしはコートを羽織ってから、廊下に出た。本館に向かうには、一度外に出なければならないのだ。寒いに決まっている。

廊下では既にディが待っていた。

「やあ、ディ。今日もあなたは素敵だわ」

美久月が大きく両手を広げて云う。

「そうでもないと思いますが」ディは表情を変えずに云った。「他の人たちはもう本館に向かったようです」

「先輩がもたもたするからですよ。急ぎましょう」

「だってお腹痛かったんだもの」

「子供みたいな云い訳はいいですから、早く」

わたしは美久月を引っ張るようにして、別館を出た。

暗闇の中を、本館へ向かって歩く。アルファベットの群がる庭は真っ暗で、森に近い方は薄気味悪いほどだった。わたしたちは本館に沿うようにして、灯りを頼りにしながら歩いた。雪は次第に強くなっているようだ。足元もうっすらと白くなっていて、滑りやすい。ようやく本館に到着し、テラスから中に入った。

「寒い」美久月の顔は真っ青になっていた。「死にそう」

「きっと大広間は暖かいですよ」

わたしたちは階段を上って、大広間へ向かった。大広間の扉の前で、家政婦の破麻崎がうろうろと歩き回っていた。彼女はわたしたちを見ると、急に立ち止まって、大広間に入るように片手で示した。

中では既に客たちが集まっていた。シャンデリア調の照明の下に、白いクロスのかけられた丸テーブルが四つほど置かれていた。テーブルには色彩豊かな料理が置かれていた。各テーブルに赤白二本ずつワインが用意されていた。白ワインの瓶はステンレス製のワインクーラーに入れられている。中には氷水が入れられていた。

20：00

「ということで、パーティとやらの時間になったわけだけど」遠笠が腰に手を当てて云った。

「パーティと呼べる華々しさは欠片もないね」

「まあまあ」三条が遠笠をなだめるように云う。「岩倉さんの姿はやはり見えないようですが、彼が主催するパーティはいつもこんなふうでしたよ。立食パーティといったところですね。今回は少人数なので、やけに閑散とした感じがありますが」

「今度こそ毒が入ってんじゃねえのか？」

ミノルがテーブルの上のシーフードサラダを眺めて云った。傍にいた藤堂がむっとしたようにミノルを睨んだ。

「皆さん、お召し上がりください。お皿はこちらに用意してありますので」

藤堂の言葉で、主催者不在のパーティは始まった。寂しげなパーティだ。美久月は早速ばりばりとレタスを齧《かじ》っていた。

三条がグラスを片手に、ゆっくりとわたしたちのところへ近寄ってきた。彼は丁寧に頭を下げた。

「改めてこんばんは。三条です」

大学で助手をしているという三条だ。服装や表情に精彩がなく、歳を取っているようにも見えたが、実際のところはまだ二十代ではないだろうか。雰囲気が落ち着いているので、見た目には歳上に見えるだけかもしれない。レタスに夢中の美久月の代わりに、わたしは挨拶した。

「いやはや、有名な女優さんがお二人もいると、さすがに陰気なパーティも華やかなものに思えます。お会いできて光栄です」

「有名だなんて、いえ、その」わたしは照れて云った。「それほどじゃありません」

「橘さんは、テレビ出演の経験はおありですか？」

「コマーシャルの端役で何度か」

以前、劇団内で殺人事件が起きた時に、わたしたちの劇団は一部のマスコミに採り上げられた。直後に何本かコマーシャル・フィルムの撮影で仕事が入った。事件を通じて有名になってしまったのが嬉しくなくて、わたしは数本でテレビ出演をやめてしまった。次第に劇団への仕事もこなくなった。けれどチャンスを潰したとは思わない。現に、今まで一度もテレビに出演したことのない美久月は、女優として名声を得ることができたのだ。美久月に追いつけなくとも、近づくことはできると、わたしは信じている。

「何処かで橘さんを見たことがあるような気がしたんです。しかし美久月さんはテレビで見たことがないですね。舞台が専門ですか？」

「はい？」美久月は顔を上げた。「ええ、なかなかおいしいです」

「先輩、全然話を聞いてないじゃないですか。適当に答えないでくださいよ。サラダじゃなくて、舞台の話です」

「あらそう」

「カメラの前に立つより、舞台に立つ方がきっと素晴らしいのでしょうね」三条は感慨深げに云った。「僕も好きで演劇をよく観にいくのですが、舞台の上で形作られる世界と、傍観する観客の世界とが、渾然《こんぜん》となって劇場を埋め尽くしている感覚がこの上なく胸躍るのですよ」

「今度わたしたちの公演にご招待しましょうか」わたしは云った。「東京になりますけれど」

「喜んでいきますよ」三条は手元の空のグラスを持ち上げた。「飲み物をもらってきます。美久月さんたちもいかがですか」

「いいえ、今はまだ結構です」

「そうですか。では私は失礼して」

三条は大広間の奥に歩いていった。彼は手近なワインを手に取ってコルクを抜き始めた。

「ちょっと、先輩」わたしは美久月の腕を引く。「あんまり失礼な態度取らないでくださいよね」

「いちいちうるさいなあ、ミーコは。ニボシでも食べた方がいいんじゃない?」

「とにかく、先輩は口を閉ざしてにこにこしていれば、何事も平和に終わるんです」

「何か頭にくる云い方ね、それ。でもいいわ。喋るの面倒だし。にこにこしていればいいのね」

美久月は素直に云って、再びレタスを齧り始めた。

「さっきはどうも」三条と入れ違いに春井がやってきて、わたしに云った。「庭が真っ暗で、迷いそうになりましたよ。いつも迷いそうになるんです。おまけに今夜は冷えますね。橘さんは迷わずにこられましたか?」

「ええ。建物に沿って歩きましたから」

「私はアルファベットに激突しそうになりました」

春井はわたしから美久月に目を移す。ほとんどの男性が美久月の姿に釘付けになるのに対して、春井はまったく平常通りの態度だった。

「はじめまして、美久月さん」

「はじめまして。にこにこ」

「えっ?」

「あっ」美久月は口に手を当てた。「何でもありません。つい」

「美久月さんは『創生の箱』についてご存じですか?」

「箱？」

「まだお聞きになってなかったのですね」

「そういえば、ドイツで起きたバラバラ殺人というのは、どんな事件だったのですか」

わたしは話に割り込んで、春井に尋ねた。

「もう十五年以上も前の冬の話になりますが、ジークベルト教授が箱を手に入れた記念に、ホテルでパーティを開いたそうなのです。ちょうど、今日みたいな立食パーティですね。『創生の箱』は会場の中央に置かれていました。誰の目にも見える位置です。パーティの途中で、『創生の箱』は一度開けられています。中を確かめただけなのですが、その時は何も入っていませんでした。ところが、パーティも終わりに近づいた頃、とある新聞記者が興味本位から『創生の箱』の伝説が本当かどうか試してみようとしたのです。いつの間にか、空っぽの箱の中にものが入れられているという伝説ですね。ジークベルト教授は再び箱を開けました。すると中から、バラバラにされた男性の死体が出てきたのです」

「うわ」わたしは途端に食欲をなくした。「ひどい」

「箱は一度開けられた後、鍵をかけられたのですか？」

突然ディが質問した。春井はディの方に向き直って、頷いた。

「『創生の箱』は衆人環視の中に置かれていました。鍵は『創生の箱』の所有者であるジークベルト教授がポケットに入れていたそうです。パーティの間、箱に近づいた人間は数人いたでしょうけれど、当然開けることはできなかったはずです。にもかかわらず、後から開けてみると死体が。まさしく伝承通りの展開ですね」

「『創生の箱』に仕掛けがあるのではないですか？」

「鋭いですね、橘さん。マジックショーでも箱を使ったトリックは山ほどあります。おそらく『創生の箱』にも何らかの仕掛けがあるのだと思います。今までの所有者の中には、創生の魔術を再現してみせた者もいたそうです」

「二重底になっているんじゃないですか？」わたしは腕を組んで云った。「底板のスペースにものを隠しておくとか」

「X線で調べた学者がいます。わざわざX線を用いなくとも、高さを計測すればわかる話ですが、ともかく『創生の箱』は二重底にはなっていませんでした。もちろん側面などにも余分なスペースは設けられていません」

「底板が開くようになっているとか」

「なるほど。しかしどうやって死体を中に入れるんですか？　床下に潜り込んで、こっそり入れるわけにもいかないでしょう」

「そうですね」

わたしはいつの間にか事件の謎に思考を巡らせていた。テーブルの上に置かれていたローストビーフを皿に載せて、『創生の箱』について考えながら食べる。ディは隣で、黙って赤ワインを飲んでいた。美久月はというと、春井の話に途中で飽きて、隣のテーブルからサラダのボウルとオマール海老《えび》のハーブ焼きを取ってくる最中だった。

「先輩、話を聞いてなかったんですか?」

「話って、何が?」

「『創生の箱』の呪いですよ。呪いのかかった箱が、別館の広間にあるんです。わたしたちまで呪われてしまったら、どうしますか」

わたしは震える声で云った。

「呪いなんてあるわけないじゃない」

「美久月さんはどうお考えですか?」春井が尋ねた。「MOと呼ばれる『創生の箱』について」

「プラシーボ効果というやつじゃないかしら。鬱病患者に抗鬱剤だと伝えてビタミン剤を渡すようなものね。患者は抗鬱剤と信じているから、ただのビタミン剤でも効き目が現れる。その箱にどんな噂や呪いの話があるのか知らないけれど、呪いを信じた人間が死ぬのよ。信じていなくてもいいわ、とにかく噂をちょっとでも耳にすれば記憶に残り続けるのだから、何らかの形で死に作用するでしょうね」美久月は海老の尻尾《しっぽ》をがりがりと嚙んでいた。「ところでMOって何?」

「『創生の箱』のように、死や呪いに関する伝説を背負い込んだもののことをMOと呼んでいます」

「春井さん。あなたはユングでも読むといいわ。ユングを卒業したらコリン・ウィルソンね」

「偶然の一致というやつですか。しかし伝承として伝えられてきた箱にまつわる死は、すべて偶然の一致では片付けられないと思いますね。実際に、ジークベルト教授を含む代々の所有者は、『創生の箱』によって無惨な死を迎えました」

「でも、さきほど聞いたバラバラ殺人というのは、殺人事件ですよね。過去の伝説とは関係ないのではないですか?」

わたしは口を挟んだ。

「確かに。箱ではなく、人間が男性をバラバラにしたのは間違いありません。しかし死体の出現した状況が、まったく不可解です」

「春井さん、『ドラクエ』やったことあります?」

美久月は突然わけのわからないことを云った。当然、春井は口を開けて美久月を見返した。

「テレビゲームの『ドラゴンクエスト』?」

「洞窟の中に落ちている宝箱を開けようとしたら、実はモンスターだったのよ。『ひとくいばこ』だって。見事に箱に食べられたわ。コントローラー投げつけたわよ。Bボタンが三メートル吹っ飛んだわ」

「人喰《ひとく》い箱、ですか」

「箱が生きていないと、どうして云えるのよ」

生きていて、人を食べる箱。わたしは『創生の箱』が人間を食べている姿を想像した。ぱくぱく。どうしても漫画風の想像しかできない。第一、美久月の話は何処までが冗談なのかわからない。

「ディはどう思う?」

美久月が訊いた。

「トリックですね」

「だよね」

美久月とディは頷き合う。時々二人は、わたしのわからない世界で理解し合うから怖い。

「箱について、他にどんな推測がされているのですか？」

「魔術師の呪いがかけられているという説、宇宙人のテレポート装置だという説、実は人工ブラックホールだという説、エトセトラエトセトラ。テレポート装置説は一時期かなり有力になりまして、かつてソ連の研究者がかなり熱心に『創生の箱』を研究したようです」

「素敵な研究者たちね」

美久月が揶揄《やゆ》するように云った。

「結局何もわからなかったのですか？」

「そのようですね。実際に『創生の箱』がテレポート装置だったとしたら、彼らは手放したりしなかったでしょう」

「まったく手がかりなし、ですね」

「そうでもありません」ディが云った。「たった一つだけ重要な手がかりがあります」

「それは？」

春井が腕を組んで訊いた。

「『創生の箱』は物体を出現させることしかできない、と推測される点です。逆に中のものを消すことはできないようです。中世の魔術師が箱の中にものを出現させたという話はあっても、ものを消したという話はありませんでしたね。これはつまりどういうことかといえば、いかなる方法によっても箱の中からものを取り出すことはできないことを意味しています。このことは、箱の仕掛けが不可逆的なものであることを示しています」

「ううん、意味がわからないわ、ディ」

「箱の仕掛けは途中で手を加えることも、後で変更することもできない」

「なるほど。箱の仕掛けを解く上では、何かの参考になりそうですね。底板や側面に何らかの仕掛けがあって、自由に開け閉めできるとしたら、中のものを消すことだってできる。しかし未だかつて箱の中からものを消した人間はいなかった。つまり仕掛けはもっと別の形で存在するということになる。どうして今まで気付かなかったんだろう」春井は感心したように云った。

「箱についてもう少し考えてみようと思います」

春井は頷きながら、別のテーブルの方へ歩いていった。

20 : 30

破麻崎がこそこそとわたしたちのところにやってきた。小柄で、童顔の女性だ。

「あ、あの。私、破麻崎華奈といいます」

「ああ、さっきも会いましたね。こんばんは」

わたしは破麻崎に向かい合って云った。美久月とディはさっきから『創生の箱』に関する話題で盛り上がっていたので、破麻崎を見向きもしなかった。破麻崎は首を竦めながら両手を身体の前で組み合わせる。

「あの、橘さん、美久月さん。私、お二人のファンなんです」

「本当ですか。嬉しい」わたしは正直に云った。「破麻崎さんは演劇に興味があるんですか？」

「はい。私、女優になりたいんです。でもオーディションとか落ちてばっかりで、ちっとも女優になれません。どうしたら女優になれますか？」

「難しい質問しますね。どうしたらなれるのかしら。ねえ、先輩」

「毎朝お花に水をあげればよいんじゃないかしら」

「先輩、適当に答える癖、やめてくださいよ。女優になるにはどうしたらいいのかと尋ねているのですが」

「知らない」

「美久月さんはいつから女優になろうと思ったのですか？」

破麻崎が真剣な眼差しで質問した。

「女優になろうと思ったことは一度もないわ。いつの間にかなっていたんだもの」

「すごい」

破麻崎は心底感動したようだった。

21:00

「さて、そろそろお互いのことを話そうじゃない」

遠笠が大広間にいる全員に聞こえるような大きな声で云った。彼女はポケットに片手を入れたまま、大広間の中央に歩いていく。

「確かに、初めてお見かけする人も多いですね。自己紹介も悪くない」

春井が賛同するように云った。

「多少はパーティらしくしてもいいでしょう」遠笠は魅力的な微笑を浮かべた。「でもその前に、ちょっとした準備が必要かな」

「準備?」

わたしの問いに答えるより先に、遠笠は大広間を出ていってしまった。しばらくすると、片手に白い箱のようなものを持って、姿を現した。

「あっ、それは」

破麻崎が声を上げた。遠笠の手にしていたものは、液晶ディスプレイつきの電話機だった。モジュラーケーブルも電源コードも外されている。

「電話機なんか持ってきて、どうするんですか?」

「こうする」

遠笠はワインクーラーからワインボトルを抜いて、テーブルに置いた。そして左手に持っていた電話機を、こともなげに氷水の中に突っ込んだ。電話機は泡を立てながら、ワインクーラーの中に沈んでいく。

「おいっ」ミノルが叫んだ。「電話を冷やしてどうすんだっ」

「ええと、次は」遠笠はミノルを無視して云った。「皆さんの中で、携帯電話を持っている人はいませんか?」

「あ、わたし」

わたしは挙手しかけて、慌ててやめた。

「私持ってる」

桜子は自慢げに手を上げる。

「ちょっと見せて」

遠笠は桜子に近寄って、彼女の手から無理矢理携帯電話を奪った。

遠笠は無言のまま、携帯電話をワインクーラーめがけて投げた。携帯電話は見事な放物線を描いて、氷水の中に没した。

「な、な、何すんのよっ」

桜子はワインクーラーに向かって走っていった。

「はい、次は橘さんの番。あなたも持ってるんでしょう?」

遠笠はわたしの携帯電話を奪おうとする。わたしはポケットを押さえながら逃げた。

「嫌です、嫌ですっ」

「貸しなさい」

遠笠がわたしのポケットから素早く携帯電話を抜いた。まるでスリのような素早さだった。彼女はさっきと同じように、携帯電話を放り投げ、ワインクーラーの中に水没させた。ああ、わたしの携帯電話が、冷たい水の中に。沈黙した液晶画面が、ワインクーラーの中に三つ並んでいた。わたしの横で美久月がくすくすと笑っていた。

桜子が氷水の中に手を突っ込んで、自分の携帯電話を取り出していたけれど、もう動かなくなっているようだった。

「オーケー」遠笠は満足したように頷いた。「これで、後で電話が繋がらないとか、騒ぐ必要もなくなったね」

「頭がおかしいのか、あんたは」

ミノルが咎めるように云った。彼の言葉はわたしの気持ちを代弁していた。

「今夜は吹雪になるだろうから、絶好の境遇だね。惨劇にふさわしい夜、といったところかしら。でも私は先攻が好きなの。壊される前に壊す」

遠笠は誰にともなく云った。

「吹雪《ふぶき》で山を下りられなくなったらどうするんです？」

三条が落ち着いた口調で尋ねる。

「問題はないでしょう」遠笠は藤堂の方を向いた。「食料の方は？」

「破麻崎さんが誤って海老を沢山注文してしまったので、しばらくは困らないと思います。ただし、海老料理ばかりになると思いますが」

「結構」遠笠は頷いた。「それでは、話を続けよう。皆さん、私の奇行に閉口しているようだけれど、これから自己紹介をするに従って、その意味がわかってくると思う。では最初に、礼儀として私から自分について話そう」

わたしは遠笠がテーブルの周りをぐるりと一周するのを見つめていた。わたしはまだ携帯電話に未練があった。どんな理由にしろ、遠笠を許せない。

「私は千葉の興信所で探偵をしている。専門は行方不明人の捜索。いわゆる蒸発とか失踪《しっそう》とか、家出とかの捜査ね。人間がいなくなることに関しては、多分あなたたちより私の方が詳しい。つまりは、いなくなった人間について、生活習慣や過去の経歴、あるいは現在の心理を読み取って、行動の過程を探る仕事だ。岩倉清一の消息は不明だが、私はある程度の情報を摑んでいる。しかし場所が外国ということで、明確な証拠を得るには至らなかった。ただ一つだけ確かなことがある。このパーティは岩倉によって催されたものではないということだ。岩倉が死んでいることは確実だ。彼が生きているという証拠は何もない」

「パーティの招待状があるじゃねえか」

ミノルが鋭く云った。彼の隣には、携帯電話を壊されて泣く桜子がいた。

「招待状こそ、今夜のパーティを不吉なものにしている。何故私たちが招待されたのか、考えてみるといい。死者からの招待。集められた客に共通するのは、一体何か」

「共通点などあるんですか?」

わたしは大広間にいる客全員を見回した。何故か女性が多くて、男性が少ないように思ったけれど、共通点と呼べるかどうかはわからない。

「直にわかる」遠笠は云った。「ではこうしよう。自己紹介を終えた人間は、次に自己紹介する人間を指定できる。ということで、次はミノルさん、どうぞ」

「勝手な姉ちゃんだな、おい」ミノルは憤然として云った。「まあいいだろう。なかなか面白い展開になってきていると思うぜ。遠笠さん、あんたの云う通りかもしれない。不吉な夜であることには違いないからな。じゃあ俺たちの仕事について教えてやるよ」

「ミノル」

「桜子、いいから黙ってな。実は、俺と桜子は賞金稼ぎなんだ」

「賞金稼ぎ?」

西部劇じゃあるまいし。わたしは首を傾げた。

「一昨年、愛知県警察協会が日本で初めて懸賞金制度を設けた。逃亡中の犯人の所在に関する有力な情報を知らせた人間に、金が支払われるというわけだ。以来、警察のOB団体や防犯協会などが、犯人や犯人の情報に懸賞金を用意するようになった。俺と桜子は日本全国を渡りながら、金になりそうな情報を集めて回っているのさ。運がよければ、犯人の検挙に繋がる情報を手に入れられるし、実際に過去何度か懸賞金を頂戴《ちょうだい》している」

「頂戴している」

桜子がミノルを真似て云った。

「まあ、真っ当な仕事ではないとわかっているさ。だが犯人狩りは楽しいものだぜ。な、桜子」

「な、ミノル」

「怪しいものですね」春井が腕を組んで云う。「警察も手を焼くような犯人に対して、一般人が捜査しただけでどれだけ近づけるものでしょうか」

「あんたの指摘は呆れるほど正しいな。俺たちは日当を稼ぐのにも一生懸命なんだ。そりゃ多少やばい仕事だってするさ。わけのわからない大金を運んだり、素性の知れない男を一日中尾行したりね。他にもいろいろ危ない橋を渡っているよ。自慢じゃないが」

「というわけね」遠笠は片手を広げた。「彼らは云わば、犯罪に関わる立場の人間。で、次は誰の番にする?」

「あのおっさんにしよう」

ミノルは三条を指差した。

「おっさんは失礼ですね」三条は苦笑して云った。「僕はまだ二十六歳ですよ。外見がおっさん臭いのかな。それとも、大学に勤めているなんていうと、歳を取っているように思われるのかな」

「三条さんは、大学で何を専門になさっているのですか?」

わたしは尋ねた。

「もともとは社会学でした。けれど最近では、心理学にも深く関わっています。僕も遠笠さんやミノルさんたちに倣《なら》って、告白するとしましょう。僕は芸術犯罪に関する研究を進めているのです。犯罪には多種多様な形がありますが、もっとも理解に苦しむのが、テロリズムと芸術犯罪。もちろん両者は似て非なるものです。どちらも観念の犯罪であることは確かですがね。芸術犯罪とは、文字通り犯罪を芸術にしてしまうことです。一九九一年、東京の郊外に住む男の地下室から、氷づけにされた死体が四つ見つかりました。死体は完璧に防腐処理が施され、まるで生きたまま氷柱《ひょうちゅう》に閉じ込められたかのようだったと云われています。犯人は死体を芸術作品にするべく、いかなる方法を用いれば美しいものができあがるのかと、試行錯誤を繰り返していたのだそうです。江戸川乱歩の世界ですな。何故社会的に禁忌《きんき》とされている犯罪や死を芸術として捉《とら》えることができたのか。そういった背景などを調べているんです。ですからむしろ、犯罪心理学の一分野と云えるでしょう」

「芸術犯罪に関するエキスパート、か。あなたの論文を読んだことがある」

遠笠が云った。

「それはそれは、光栄です」

「で、次は誰？」

「現況におけるもっとも怪しい人物、と云っては失礼になるかもしれませんけれど」三条はゆっくりとワインを飲んだ。「春井さん、あなたは何者ですか。あなたは招待されていないそうですね。招かれざる客というわけでしょうか」

「今日ここを訪れたのは偶然ですよ」春井は軽く眼鏡のつるに触れた。「何者か、という問いに対しても、特別な答えはありません。私は小説家であり、考古学者です」

「あくまで、謎の人物に留まるつもりか。まあ、いいでしょう」遠笠は冷笑するように云った。

「で、次は?」

「意表をついて、破麻崎さん、どうぞ」

「わ、私ですかっ?」破麻崎は突然名指しされて、動揺していた。「私はただの大学生です。な、何もやましいことはありません」

「岩倉本人がいないのに、『アルファベット荘』でバイトすることに関して、疑問は感じなかったの?」

遠笠が破麻崎に近寄って尋ねた。破麻崎は威圧されたように数歩下がって、申し訳なさそうに頭を俯《うつむ》かせた。

「は、はい。大学ももう冬休みに入りましたし、ちょうどいいかと思って」

「ふん、まあいいわ。次は誰にする?」

「じゃ、じゃあ、藤堂さんに」

「藤堂あかね、二十一歳、学生。以上です。次は橘さん、どうぞ」

藤堂の自己紹介は素早くそつがなかった。

わたしは何を云うべきかしばらく思案してから、口を開いた。

「橘未衣子です。一応、劇団で役者をやっています」

「橘さんが『アルファベット荘』に招待されたのですか?」春井が尋ねた。「それとも、美久月さんが?」

「先輩の方です。わたしは先輩にくっついてきただけです。先輩も、自己紹介をどうぞ」

「美久月美由紀です。以下略」

美久月は煩わしそうに云った。

「やれやれ、まあいいでしょう。残ったのはディさんだね」遠笠が腰に手を当てて云った。「あなたは誰?」

「さあ、僕は誰なんでしょうか」ディは寄りかかっていた壁から身体を起こして、コートの襟元に触れた。「残念ながら、僕は皆さんのように自己紹介できないみたいです。紹介する事柄がないので」

「そんなことないわ」わたしが代わりに云った。「ディは不可能犯罪専門の探偵なんです」

「不可能犯罪? 何それ」

桜子が語尾を伸ばしながら尋ねる。

「ええと、密室殺人ですとか、完全なアリバイですとか」

「そんなもんあるわけないじゃん」桜子は笑いながら云った。「私たち、今までいろいろな犯罪を見てきたけれど、ほとんどが突発的な殺人ばかりで、密室なんかなかったもん。フィクションと現実をごちゃ混ぜにしちゃってるんじゃない?」

わたしは反論の余地もなかった。桜子の云うことは、半分以上が正しい。しかし実際に不可能犯罪は起こるし、ディはそれらを解決してきたのだ。事件がなければ探偵は存在しない。といけれど。

ころがディはちゃんと存在している。ゆえに不可能犯罪は起こる。多少無茶な論理かもしれな

「ともかく、ディさんを含めた彼女たちも、犯罪を追う側の人間だということね」遠笠が勝手に決め付けて云った。「大体おわかりでしょう。私たちは揃いも揃って、犯罪に関連した人間。皮肉なことに、それ自体が犯罪的で、未来の惨劇を想像させる。いずれにしても、私たちは死のパーティに招かれてしまったというわけね」

「意味がわからないな」春井は釈然としない表情で云った。「意図的にあなた方が集められたというわけですか?」

「他に考えられない。どんな意図があるのかまだわからないけれど、このパーティはさしずめ、惨劇の前夜祭といったところね」

22:10

十時を過ぎると、パーティに参加していた全員がけだるそうな顔に変わっていた。酒の影響もあるだろうし、退屈が原因でもあるだろう。パーティという華々しさはまるでない。それどころか、重苦しい雰囲気さえある。惰性で食べて飲んで喋っているだけだ。

いつか岩倉が姿を現すのではないかと、わたしは何度も扉の方を見た。けれども岩倉らしい人物は一向に現れる気配がなかった。どうやらパーティを催した人物が岩倉ではないことは確

かなようだ。わたしはだいぶ酔っていた。パーティなど初めからなかったと思えばいいのだ。誰が主催者だって、どうでもいいという気分になっていた。しかも、携帯電話は壊されて、メモリーに登録されていた友だちの電話番号が、文字通りすべて水の泡。ああ、腹が立つ。

「ミーコ、大丈夫?」

美久月がわたしの顔の前で手を振った。

「ああ、はい」

美久月は海老に夢中になっていた。破麻崎と一緒に片っ端から海老料理を食べ散らかしている。破麻崎は自分の注文ミスを帳消しにするために、一生懸命に海老を片付けているのだった。破麻崎はけなげで真面目な印象がある。今はチャンスがないだけで、きっと彼女も女優になることができるだろう。けれど有名になることができるかどうかは、また別問題だ。わたしのように無名でも女優を名乗ることができるのだから、破麻崎もきっと女優になれる。とはいえ、海老を食べているだけでは何にもならないと思うけれど。

「悪いけど、俺たちはそろそろ別館に帰るぜ」

ミノルが誰にともなく云った。彼の隣で桜子は眠そうにしている。彼らは大広間を出ていってしまった。

「私も帰ることにしよう」

ミノルたちに続いて、遠笠が大広間を出る。彼女を引き止める人間は誰もいなかった。

家政婦の藤堂は既に姿を消していた。一階のキッチンで待機しているらしい。大広間に残っているのは、ディと美久月とわたしと、春井、三条、破麻崎の六人だけだった。

「わたしたちも部屋に戻りませんか?」わたしは美久月に云った。「早めに戻った方がよさそうですよ。雪がひどくなるかもしれません」

「そうね」

「明日お帰りの予定ですか? 天候次第では、帰宅を諦《あきら》めた方がいいかもしれませんよ」春井がわたしたちのいるテーブルにやってきて云った。「崖から自動車が落ちたら大変です。除雪車が通るのを待たない限り、帰れないでしょうね。ましてや歩いて帰ることもできないでしょうし」

「閉じ込められてしまうわけですね」

「ええ。お仕事の方は大丈夫ですか?」

「一応二泊のつもりできていますし、今は公演中ではないので、ある程度融通が利きますが、あんまりお稽古をサボることになると怒られちゃいますね」

「実に魅力的な仕事ですね」春井は感心するように云った。「いやもちろん、あなたも魅力的ですよ。ああ、こっちを先に云うべきだったかな」

お世辞はやめてください、とわたしは云わなければならなかった。大人の女性らしく、適当にあしらうべきだった。でもわたしはすっかり照れて、俯いてしまった。どうも春井には、女性の好意を引き寄せる雰囲気みたいなものが備わっているのかもしれない。それは彼の謎めいた部分だったり、丁寧な物腰だったりするのだろう。

春井は少しだけ肩を竦めるような仕種をしてから、テーブルを離れた。別のテーブルで海老料理を食べていた破麻崎に近寄って、何かを話し始めた。破麻崎まで、春井に対して好意を抱いているような目つきだった。何故だかわたしは苛々して、手元に残っていたワインを一気に飲んだ。

美久月とディはこそこそと二人で何かを話し、笑っていた。もちろん笑っていたのは美久月だけだったけれど、楽しそうだった。

「先輩、帰りましょうよ」

「あら、ミーコ。もう戻ったのかと思ってた」

「ひどい」わたしは泣き出したい気分だった。「さあっ、ディ。いこっ」

わたしたちは、春井や三条に挨拶をしてから、大広間を出た。階段を下りるところで藤堂がやってきたので、部屋の鍵を借りた。

「私は本館に残りますが、破麻崎さんは別館の部屋を利用していますので、もしも向こうで何か用事がありましたら、彼女にお申し付けください」

わたしたちは玄関ホールから庭に出た。雪はとうとう本降りになったようだった。しかし風がないので、吹雪という印象はなかった。雪はただ静かにしんしんと降り積もっていた。わたしたちより先に別館に向かったと思われる足跡が幾つか残されていた。

早足で別館へ向かう。美久月は寒さで震えていたので、わたしは途中でコートを貸してあげた。

22：45

部屋に戻ろうと別館の廊下を歩いていると、背後から誰かがわたしたちを呼び止めた。ミノルだった。彼は手を振りながら、陽気な顔で近づいてくる。

「美久月さん、もう寝るの？」ミノルはくだけた口調で云った。「まだ起きているようだったら、二階の広間にこない？　桜子も遠笠さんもいるんだけど」

「暖かいところなら何処にでもいくけど」

「そりゃよかった。さあさあ、こちらへどうぞ」

ミノルは美久月の手を取って、廊下を曲がっていってしまった。わたしとディの存在は完全に黙殺されていた。

「わたしたちもいく？」

「はい」

わたしはディと連れ立って二階の広間に向かった。けれど階段の途中で、わたしは『創生の箱』のことを思い出していた。広間には『創生の箱』が置かれている。不吉な箱。死を招く怪しげなMO。

不気味な箱のある部屋で、彼らは一体何をしているのだろうか。

わたしは広間の扉を開けた。

「じゃーん。桜子一号発進ですっ」

桜子は『創生の箱』の上に乗っかって、広間を横切るように疾走していった。『創生の箱』には車輪がついているので、彼女は箱をちょうど乗り物に見立てて遊んでいたのだった。

「な、何をやっているんですかっ」

わたしは思わず声を上げていた。

「おお、あんたらもきたのか」ミノルが笑いながら云った。「酒もあるぞ。さあ、飲め」

「その箱は高価なものなんですよ」わたしは他人事ながら、冷や汗をかいていた。「傷つけたち誰が弁償するんですか」

「ミーコが」

横から美久月が云った。

「何でわたしなんですか」わたしは桜子を下ろして、箱を部屋の中央に戻した。「そもそも『創生の箱』には呪いがかかっているんですよ。皆さんまで呪われて死んじゃってもいいんですかっ?」

桜子は憮然とした表情で、ミノルの隣に立った。ミノルはグランドピアノの椅子に腰かけている。楽譜立ての脇に氷の入ったグラスが置かれていた。

「橘さんて、やっぱり学級委員長タイプ?」冷ややかな声で、遠笠が云った。「よくいるよね、一生懸命ものごとをまとめようとする人」

揶揄するような彼女の言葉に、わたしは少し腹が立った。

桜子とミノルは一緒になって、ピアノの上にスナック菓子を広げていた。

「金になるような事件がなけりゃ、その箱をもらっていってもいいかもな」

ミノルは悪びれる様子もなく云った。桜子は何度も首を縦に振る。けれど、それではただの泥棒ではないか。

「しかしまあ、よく今まで盗まれずに置かれていたな。岩倉さんが死んでいるとしたら、他の誰かが見張っていたのかな」

「そんなに価値があるの？」

桜子がミノルに尋ねた。

「さあね。『創生の箱』を見守っていた人間が誰だか知らないが、そいつもよく売らずに残していたと思うよ。手元に残しておきたい理由でもあったんだろうか。それとも、鍵がなくて開けることができなかったとか。そういえば、箱の鍵は誰が持ってんだ？」

「準備室っていう部屋に置いてあるんだって」桜子が云った。「さっき聞き出したんだ」

「さすが桜子。情報は常に先取りだな」

「もっと誉めて誉めて」

わたしは離れた場所から彼らを眺め、うんざりした心持ちで、溜息をついた。

23:00

十一時頃になって、本館から三条と春井と破麻崎がやってきた。彼らは騒ぎ声を聞きつけて、わたしたちのいる広間にやってきたらしい。彼らの頭や肩には、僅かに雪が載っていた。

「参ったな」春井は肩の雪を落としながら云った。「相当降ってきましたよ」

「でも思ったより風が強くない。嘘みたいに風がないな」

遠笠はカーテンを細く開けて、窓の外を見た。

「本館に藤堂さんを一人残して大丈夫だったのかな。遠笠さんの云うような、犯罪的な何かが起こるとしたら、彼女が危険かもしれないですが」

春井は遠笠を見て云った。

「知ったことじゃないな。犯罪を予測できても、私は別にそれを未然に防ごうなんて気が起きないし。みんな勝手にやりたいようにやればいい」

遠笠はぞんざいに云った。何て適当なことを云う人なんだろうか。わたしは桜子からミネラルウォーターを注いでもらいながら、彼らの話を聞いていた。

美久月は相変わらず食べることに夢中だった。ミノルたちと一緒になってポテトチップスを食べている。

「先輩、太りますよ」

「太ったらいけないの?」

「健康を害します」

「でも確かに、胃が痛くなってきたわ」美久月は腹の辺りをさすった。「食べ過ぎたかも」

美久月はソファに座り込んだ。ソファは半円を描くように並べられている。三条と遠笠が隣り合って座り、ディもいつの間にかソファの端に腰かけていた。

わたしはカーテンの隙間から窓の外を覗いた。暗くてよく見えなかったけれど、時折大きなぼたん雪が窓にぶつかって砕けていた。庭のアルファベットは、手前にあった『E』だけが見えた。

0：10

「けっこうかせいふってたいへんなんです」

破麻崎はろれつの回らない口調でわめいていた。外したエプロンを床に投げ出し、怪しい目つきでわたしたちを睨んでいる。遠笠や三条に勧められて飲み始めたのが僅か三十分ほど前だけれど、彼女は完全に酔っ払っていた。

「えびたくさんちゅうもんしたからってなにがわるいのよっ」

「破麻崎さん、もう飲まない方が」

三条が破麻崎をなだめていた。

「えびっ」破麻崎は意味もなく呟く。「えびえび」

「ミーコ、彼女が『氷を取って』だって」

「せ、先輩、今の解読できたんですか？」

「まあね」

　美久月はにやりと笑った。

　テーブルの上に置かれていたアイスペールには、もう氷が残っていなかった。どうやらすべて溶けてしまったらしい。諦めてください、とわたしは云った。すると破麻崎は顔を赤くして、怒ったようにわたしを睨んだ。

「えびっ。えび」

「『溶けた水をグラスごと外に放置しなさい。すぐに氷になるでしょ、馬鹿《ばか》』だって」

「そんなことしたら、グラスが割れてしまうような気がするんですが」

「えびっ」

「『許さん』」

「先輩、適当な通訳しないでくださいよ」

「もう飲まない方がいいですよ」三条が破麻崎からグラスを取り上げた。「破麻崎さん、明日も仕事しなければならないんでしょう?」

　わたしたちは破麻崎をなだめるのに一生懸命だった。美久月は全然酔っていなかったけれど、破麻崎と一緒になって「えびえび」と云い合っていた。美久月は傍目から見ればいつも酔っ払っているようなものだから仕方ない。美久月を黙らせて、破麻崎を部屋に運ぶ。春井とわたしが彼女の肩を持って、一階に移動させた。階段の脇に家政婦用の部屋があった。ベッドがあるだけの狭い部屋だ。わたしたちは彼女をベッドに寝かせ、布団をかける。彼女は何か呟いていたけれど、言葉をなしていないので理解できなかった。

「大丈夫でしょうか」

「死にはしないでしょう」

わたしと春井は広間に戻った。

ミノルと桜子の姿が消えていた。

「あの二人は？」

「さっき出ていった」遠笠が答えた。「私もそろそろ寝ようかな」

遠笠は立ち上がると、挨拶もなしに広間を出ていった。彼女たちが散らかしたテーブルはそのまま残された。破麻崎も寝てしまったし、誰が片付けることになるのだろうか。

仕方ないので、わたしが片付けることにした。すると春井が隣にやってきて、わたしを手伝ってくれた。グラスやウイスキーのボトルをひとまとめにして、テーブルの端に置いた。あとは藤堂や破麻崎に、明日片付けてもらおう。

「どうもすみません、春井さん。手伝っていただいて」

「いやいや、気になさらず」春井は片手を上げて云った。「それにしても、今日は不思議なパーティでしたね」

「集まったのも何だかおかしな人ばかり」わたしは小声で云った。「おかしな人代表は、もちろん先輩ですけど」

「美久月さんも、ディさんと同じように事件を解決されたことがあるんですか？」

「まさか。先輩は解決どころか引っ掻《か》き回すだけですよ。でも、先輩って意外に頭がいいんです。先の先まで予測したうえで、わたしをいじめるようなことを云うんです。どんなことを云えばわたしが困るのか、予《あらかじ》め読んでいるんですよ」

「なるほど」春井は腕を組んで、ソファに深く座り直した。「ところで、話は変わりますが、橘さんは今付き合っている男性がいるんですか？」

「えっ、え？」わたしは何故かどきどきしていた。「いいえ、あの、ええと、特に」

「恋愛にはあまり興味がない？」

「そうでもないんですけど、あの、どちらかと云えば不得意というか」

「私も同じようなものです。私は人間を愛着の対象として見られないんです」

「どういうことですか？」

「誰だって、ある人のこういうところが好きだとか、好感が持てるとか、何かしら愛着心を抱くでしょう。ところが私は人間の行動や仕種、あるいは人間そのものに愛着を抱いたことが一度もない。好きになれないのです。別に人間のことが大嫌いで、厭世《えんせい》的だというわけでもないんです。正直に云ってしまえば、人間などどうでもいい。人間の動向にいちいち反応できないのです。巧《うま》く云えないけれど、要するに誰も好きになれないというわけです」

「嫌いじゃないなら、好きになる可能性もあるのではないですか？」

「わかりませんね。物事の好き嫌いを決定するのは脳の扁桃核《へんとうかく》だと云われています。私の扁桃核に異状があるのだとしたら、一生誰も好きにならないかもしれない。脳に異状がなければ、単に人から愛着を抱かれずに育ったトラウマが深層心理に刻み込まれていて、他人を好きになれないでいるだけかもしれない。まあ、トラウマなんてないですけれど」

春井は眼鏡を外して、レンズの汚れを拭《ぬぐ》った。眼鏡を外した彼の瞳は、鋭く、神秘的だった。

「さて、私たちもそろそろ部屋に戻りませんか」

三条が眠たげな声で云った。彼の一言で、今日の退屈なパーティは幕を閉じた。

0:50

美久月は着替えずにベッドの中に入った。

わたしは歯磨きをして洗顔をして肌の手入れをしてパジャマに着替えて脱いだ服をクローゼットにかけてから、ベッドに入った。でも全然眠くなかった。ついさっきまで眠くて仕方なかったのに、一度覚醒《かくせい》するとすっかり目が冴《さ》えてしまっていた。きっとアルコールのせいだ。

美久月がのそのそと動いて、布団から顔を出した。

「一緒に寝る?」

「一人で寝てください」

わたしはバッグから文庫本を出して、スタンドの明かりの下で読むことにした。『長いお別れ』。実はわたしはレイモンド・チャンドラーのファンというか、フィリップ・マーロウのファンなのだ。もう何度も読んだので、場面がすっかり記憶されてしまっている。

美久月はすぐに眠りに落ちたようだった。彼女はいつでも何処でも寝ることができる。せっかくの美しい容姿を人々の目に触れさせることもなく、睡眠によって無駄にしているのだ。もったいないと思う。けれど眠っている時の美久月ほど純真無垢《じゅんしんむく》な美しさを持った人間はこの世にはいない。見ているだけで、わたしは嫉妬《しっと》や羨望《せんぼう》で狂ってしまいそうになる。綺麗な美久月。吹き付ける雪と風で窓ががたがたと音を立てている。頭がどうかなってしまいそうだった。わたしは文庫本をテーブルに置いて、部屋を出た。水を飲んで酔いをさまそう。ミネラルウォーターのペットボトルが広間のテーブルに出しっ放しにされていたのを、わたしは思い出していた。

真っ暗な廊下を抜けて、階段を上る。まったく物音一つ聞こえなかった。怖い。わたしは壁に手を添えながら、ゆっくりと足を運んだ。

広間は灯りがついたままになっていた。わたしは幾分ほっとした気分になって、ソファに腰かけた。テーブルのミネラルウォーターを手に取る。

「未衣子さん」

「うわっ」わたしは思わず水を噴き出しそうになった。「ディ」

ディがソファの片隅に座って、足を組んでいた。彼がいることに全然気付かなかった。

「びっくりした」

「驚かせてしまって、すみません」

「何しているのよ、こんなところで」

「考え事です」

「もしかして、ずっとここに？」

「ええ」

ディは無表情で頷く。

何て愛想のない人なんだろう。少しくらいは楽しげに笑うことがあってもいいのに。わたしは何故か無性に腹立たしい気分になっていた。彼のスマートな身体に植木鉢を投げつけてやりたいと思った。けれども近くに植木鉢などなかった。わたしはまだ酔っているのかもしれない。

今度は何の前触れもなく哀しくなった。

「ディ、あなたのことがよくわからないわ」

事件に絡みつく複雑な糸を解くだけの存在。

「僕のことがわからないなら、事件を起こしてください。僕は未衣子さんを捕まえることになります。その瞬間くらいは、僕について何かわかるかもしれません」

「あなたはどうしようもない人だわ」

ディは少し哀しそうな顔をして、わたしを見た。彼は何も云わなかった。彼は、自分がどうしようもない人間だということをわかっているという顔つきだった。わたしは云ったことを後悔した。

「ごめんなさい。本当は云うつもりじゃなかった」

「構いません」

氷のように冷たい言葉だった。けれども彼にとってそれは日常の態度と何一つ変わらない。彼は心揺さぶられたりはしないのだ。

「眠れないの。ディ、あなたの話をして」

「僕の話ですか？」

「ええ」

「話すことなんて、何もないんです」

「そんなことはないわ。じゃあ、わたしが質問するから答えてね」

「はい」

「さっきまで何を考えていたの？」

「ドイツで起きたというバラバラ殺人のことを考えていました。死体がいつの間にか入れられていたという事件です」

「事件の話はもういいわ。ディは小さい頃、何になりたかった？」

「覚えていません」

「あ、そうか。昔のことは何も覚えていないのね」わたしは悪いことを云ってしまったと思った。「ディ。記憶が完全に戻ったら、あなたはあなたじゃなくなっちゃうのかしら」

「少なくとも、未衣子さんを哀しませるような人間ではなくなると思います」

「わたしのことは気にしないでいいのよ。やっぱりディはずっとディのままでいてほしい。突然わたしたちのところからいなくなったりしないでね」

ディは何も口に出さずに、黙って窓の方を向いた。窓硝子は曇っていて、外を窺うことはできない。わたしはソファの上で膝を抱えた。

「ドイツの事件とか、『創生の箱』とかについては、春井さんに聞けば何かわかるかもしれないね。春井さん、詳しそうだったから」

ディは頷く。わたしたちは揃って『創生の箱』の方を向いた。『創生の箱』は絨毯に暗い影を落としていた。

わたしはソファに座ったまま、しばらく時間が流れていくのを、黙って感じていた。ディは何も喋らないので、わたしも黙っていた。わたしは、彼との間にできる沈黙が嫌いではなかった。何故だかいつも、神聖な気持ちになれる。

壁掛け時計を見る。既に一時を回っている。

「眠れそうですか？」

「わからない。でも眠れなくてもフィリップ・マーロウがいるから大丈夫だと思うわ」

「もしよかったら僕の本を貸します」

「ねえ、『オズの魔法使い』の何処が好き？」

「ブリキの木こりが喋るところです。普通、ブリキは喋りません」

もっともだ。

「案山子《かかし》もライオンもかぼちゃ頭も喋るわよ」

「僕はブリキの木こりが好きです」

「彼は何をもらうために、オズの魔法使いに会いにいったんだっけ？」

「『ハート』です。やさしい気持ちになれないのは心臓がないせいだと、彼は思い込んでいました」

わたしだったら、何をもらいにいくだろう。

ディだったら？

わたしはソファから立ち上がった。

「ディ、おやすみ。もう寝るわ。あなたも早く寝るといいよ」

「おやすみなさい」

部屋に戻る時、わたしは窓の外を窺った。

雪が止んでいた。

第三章

1

目が覚めたのは午前七時だった。美久月のクリスマス・ツリーの目覚まし時計が鳴り続けている。いつまで経っても美久月が時計を止めないので、結局わたしがベッドから下りて時計を止めにいった。

「せんぱーい。起きてくださいよ」

わたしは美久月の身体を揺すった。美久月は安らかな寝顔で完全に夢の中だった。わたしは彼女のことを放っておいて、先にシャワーを浴びることにした。とにかくシャワーだ。バスタオルと石鹸《せっけん》と下着を揃えてシャワー室に入る。

十五分ほどでわたしはシャワー室から出た。すっかり目も覚めた。バッグからドライヤーを引っ張り出して、コンセントを探した。美久月のベッドの横にあった。プラグを差して髪を乾かす。今日はどの服を着よう。実は美久月のコートが羨ましい。着てみたい。何処で買ったんだろう。鏡台の前に座って、軽く化粧をする。気づくと八時を過ぎていた。

「おっはようっ」美久月が布団をはね除けて起き上がった。「ミーコ、今日も元気だねっ」

くせに」

「先輩」わたしは呆れた。「何でそんなに潑剌としてるんですか。目覚ましでも起きなかった

美久月はベッドを下りて、わたしの横を抜け、シャワー室に無言で入っていった。数秒後に水の音が聞こえ、数分後に水の音が止んだ。美久月は備え付けの白いバスタオルで髪を拭いながら出てきた。服はやはり昨日のままだった。

「寒い。冬にシャワーなんて浴びるもんじゃないわ」

美久月はぶつぶつと呟きながら、ヒーターの前にうずくまった。わたしは美久月にドライヤーを貸した。

わたしは窓のカーテンを開けた。硝子の表面についた曇りを拭って、外の様子を見る。細かい雪が舞っている。空はほとんど夜のような暗さだった。

部屋を出て、隣のディの部屋に向かった。扉をノックしようとしたところで、廊下から足音が聞こえてきた。遠笠と桜子だった。妙な取り合わせだ。

「ねえ、ミノルを見なかった?」

桜子は挨拶もなしにいきなり尋ねた。わたしは首を振った。

「いないんですか?」

「うん。朝起きたらいなくなってたの」

「部屋は別々だったんですか?」

「そうだよ」

わたしたちは揃って二階に上がり、ミノルの部屋を覗いた。鍵はかかっていなかった。ベッドには誰かが横たわったような跡が残されていたけれど、ミノルの姿はなかった。持ち物はベッドの傍に乱雑に置かれていた。

「何処いっちゃったんだろう」桜子が首を傾げた。「庭に足跡がないから、まだ別館の中にいると思うんだけど」

「ああ、なるほど」

昨夜の雪で庭は一面雪に埋もれていることだろう。外に出て本館に向かったとすれば、当然足跡が残るはずだ。

「トイレじゃない？　トイレは一箇所しかないんでしょう？」

遠笠が尋ねた。

「さっき見てきたけど、いないの」桜子は急に怒ったような顔になった。「まさか、誰か他の女の人に手を出して、今頃ベッドでぐっすりと」

「いくら何でも、それはないでしょう」

「遠笠さんと橘さんは今ここにいるから除外するとして、残る女性で別館にいるのは美久月さんと破麻崎さんだよね。ああっ、きっと美久月さんのところだ。昨日いやらしい目で見ていたものっ」

「先輩はわたしと同じ部屋ですよ。昨夜は別に何もなかったですけど」

「じゃあ破麻崎さんのところだっ」桜子は駆け出した。「泥酔した彼女を襲ったんだわ、あいつ。許せないっ」

わたしと遠笠は半ば呆れながらも、彼女の後を追った。桜子は階段を駆け下りていった。破麻崎の寝ている部屋は、階段の脇にあった。

桜子は破麻崎の部屋の扉を蹴飛ばして、中に入っていった。

「きゃあっ」

破麻崎の悲鳴が聞こえる。わたしたちは慌てて中に入った。桜子は破麻崎をベッドから追い出して、シーツを引き剝《は》がしていた。ミノルはいなかった。破麻崎はわけがわからないといった表情で床に座り込み、目を擦っていた。

「ううむ」桜子は思案するように唸って、腕を組んだ。「いない」

「一応、他の部屋も全部見てみる?」

遠笠の提案で、わたしたちは部屋を順番に見ていくことにした。当惑した表情で破麻崎がついてきた。彼女は、昨夜眠った時に着けていたエプロン姿のままだった。まだ寝ぼけた様子だ。

「あの、一体何があったんですか?」

「ミノルさんが何処かいっちゃったみたいなんです」わたしは説明した。「破麻崎さん、身体は大丈夫?」

「何だか、ひどく頭が痛いんですけど」

「飲み過ぎですよ。覚えてないんですか?」

「まったく覚えていないんです。ああ、どうしよう。もしも私が何か不始末をやらかしたのでしたら、謝罪の言葉もありません」

「あんまり気にしなくていいですよ」

泣き出しそうになる破麻崎を慰めながら、わたしたちはまず一階の部屋を調べて回ることにした。破麻崎もすごすごとついてきた。

ディの部屋の扉をノックする。

「ディ」

「はい」

すぐにディが出てきた。彼は真っ黒なセーターを着ている。髪はいつものように無造作だったけれど、端整な顔立ちなので似合っている。

「おはよう、ディ。ねえ、ミノルさんが訪ねてこなかった?」

「きていません」ディはセーターの袖を伸ばしながら云った。「何かあったのですか?」

「まだわからないわ。もしかすると、あなたの好きな事件が起こったのかもしれない」

「何人死にましたか?」

「知らないわよ」

不謹慎なやつだ。

わたしたちはディを仲間に加えて、納戸、次にトイレを覗いてみた。男女兼用だったので、気兼ねする必要はない。中には誰もいなかった。

階段を上る前に、玄関の戸を開けてみた。玄関を出てすぐのところまで、雪が積もっていた。

足首が埋まるくらいの深さだろうか。庭を見渡しても、足跡は一つもなく、真っ白だった。石のアルファベットが雪を被って並んでいる。

「少なくとも、外に出た形跡はないいな」

遠笠が呟いた。

わたしたちは再び階段を上り、広間を覗いた。ミノルはいなかった。広間のテーブルは昨夜の状態のまま残されていた。ソファやピアノにも変わったところはない。けれど何かが足りなかった。

「『創生の箱』がなくなってる」

桜子が声を上げて、目を丸くした。

広間の中央に置かれていたはずの『創生の箱』が消えていた。部屋を見渡してみても、何処にもない。

「『創生の箱』には車輪がついていたので、移動は簡単だったと思います」ディが云った。「部屋の扉口も、充分に箱の通過できる幅があります」

「誰かが外に持っていったってこと?」桜子は広間を歩き回り、ディに尋ねた。「でも『創生の箱』を外に運ぶ意味があるかしら」

「あっ」わたしは思わず声を上げた。「盗んだんじゃないですか? 昨日、そんなようなことを云っていませんでしたっけ」

「ちょっとちょっと」桜子は腰に手を当てる。「どうして私を置き去りにして、箱だけを持って逃げるのよ。第一、庭には足跡もなかったし、この雪の中をどうやって運ぶのよ」

「何処かの窓から、箱を出したかもしれませんよ。どの窓も大きいから、箱を外に出すことは充分にできたと思います。ただ、雪の中を運ぶことができたかどうかはわかりません」

「ミノルはそんな馬鹿な盗みはしないもん」

「ふうん。馬鹿じゃない盗みはするのか」遠笠が揚げ足を取るように云った。「まあともかく、『創生の箱』が何処かにいったことは確かだ。屋内を移動するにしても、階段を下りたとは思えない。大きな音がするだろうし、時間がかかる。そもそも、一階の部屋を確認して回った時、『創生の箱』らしいものはなかった。とすると、二階の何処かにあるんじゃないのかな」

「春井さんと三条さんの部屋を見てみましょう」

わたしたちは広間を出て、春井の部屋に向かった。ノックすると春井は返事をして、扉を開けた。既に起きていたようだ。

桜子が春井を押しのけるようにして、部屋の中を覗いた。春井は困惑したように、桜子を避けた。

「ミノルさんなら、いませんけど」

春井は頭を掻きながら云った。

「あら、どうしてミノルさんがいなくなったとわかったの？」

遠笠が目を細めて尋ねた。

「今、あなた方の中にいないのは三条さんと美久月さんとミノルさんだけです。桜子さんが必死な様子で探すとしたら、三人のうちミノルさんでしょう」

「人間を探しているとは限らない」遠笠が云った。「『創生の箱』が消えた。見たところ、あなたの部屋の中にはなさそうだ」

「『創生の箱』が消えたんですか？　おかしな話ですね。『創生の箱』は、中に様々なものを出現させる箱です。箱自体が消えては意味がない」

わたしたちは次に三条の部屋へ向かった。けれど扉をノックする前に、騒ぎを聞きつけて三条が部屋から出てきた。

「勢揃いですね」三条は慌てた様子もなく云った。「本当に事件でも起きましたか？」

「部屋の中を見せて」桜子が答えを聞く前に扉を開けた。「ミノルッ」

三条の部屋にもミノルはいなかった。当然『創生の箱』もない。

「正真正銘、消えてしまったようだね」遠笠が薄笑いを浮かべて云った。「仮に彼が『創生の箱』を盗んで逃げたと仮定すると、出口は一階の、庭に面していない北側と西側の窓からということになる。北側に窓があるのは、私の部屋とディさんの部屋。私の部屋の窓から誰かが外に出た痕跡《こんせき》はない。私は昨夜、ずっと部屋にいた。ミノルさんが窓を利用できたはずはない。疑うなら後で窓の外を調べてみるといい。ちなみに一階の廊下の突き当たりに裏口があるが、さっき調べた時点では開けられた様子がなかったし、足跡もなかった」

「僕の部屋の窓も、同じです」

ディが云った。

「西側の窓があるのは、橘さんたちの部屋だね」

「こちらも異状なしでしたよ」

「じゃあ、ミノルと『創生の箱』は何処に消えたのよ」

桜子の問いに、わたしたちは首を傾げることしかできなかった。

2

桜子を先頭に、わたしたちは別館を出た。一緒についてきたのは、わたしを含め、ディと破麻崎だけだった。他の人たちは、一旦部屋に戻ってから本館に向かうと云っていた。

雪の中に足が埋もれて冷たかった。わたしはなるべく桜子が残した足跡の上を歩いた。それでも靴の隙間から雪が入ってきて、あっという間に靴下が濡れてしまった。

アルファベットの庭を抜けて、本館にたどり着く。テラスで雪を落としながら、庭の方を振り返ると、何故か破麻崎が雪の中にうつぶせになっていた。どうやら転んだらしい。彼女は恥ずかしそうに立ち上がり、身体についた雪を払っていた。

藤堂が利用しているという準備室へ向かった。扉をノックしても応答がない。鍵がかけられていたので、開けることもできなかった。

「藤堂さんはいつも鍵をかけてから、部屋を出るみたいです」破麻崎が云った。「朝食の準備をしているかもしれません」

わたしたちはキッチンを覗いてみた。トーストを焼いたような香ばしい匂いがする。藤堂は冷蔵庫を開けて、中身を確認しているところだった。

「おはようございます。藤堂さん」

わたしが声をかけると、藤堂は振り返って頭を下げた。

「おはようございます。朝食でしたら、もうすぐできますので」

「あのさ、ミノルがこなかった？」

桜子がじれったそうに尋ねた。

「誰もきていません。玄関にも庭にも、誰かが歩いたような跡はありませんでしたし」

わたしたちはキッチンを出て、トイレに誰もいないのを確かめてから応接間に向かった。応接間にも、その奥の食堂にも、誰もいなかった。次に階段を上って、昨夜退屈なパーティの開かれた大広間へ向かった。

わたしが扉を開けた。すると桜子と破麻崎が同時に悲鳴にも似た高い声を上げた。わたしはドアノブを摑んだまま、しばらく呆然としていた。

大広間の中央に『創生の箱』が置かれていた。

「どうしてこんなところに」

桜子が『創生の箱』に恐る恐る近づいていく。わたしたちは遠巻きに『創生の箱』を見ていた。

「触れない方がいいかもしれません」

ディが云った。

「何でよっ」

桜子が振り返って怒ったように云う。けれどディは彼女の言葉を無視して、『創生の箱』に歩み寄った。袖で手を覆って、箱の蓋を横から押す。どうやら鍵はかかっていないらしく、蓋が僅かにずれた。

「未衣子さん、手伝ってもらえますか」

わたしは頷きながら、『創生の箱』を挟んで、ディの正面に立った。見るからに不気味な箱を目の前にして、わたしは気分が悪かった。

「指紋がつかないように注意してください」

「わかったわ」

わたしは昨夜の時点で指紋を残してしまっている。けれど云われた通りディの真似をして、ブラウスの袖口で手を覆った。ゆっくりと蓋をずらしていく。かなり大きな蓋だったけれど、木製であるためか、それほど重くなかった。

次第に中身が見えてきた。

『創生の箱』の中に、ミノルが入れられていた。

わたしはそれ以上、『創生の箱』の傍に居続けることができずに、思わず手を離した。ディが一人で蓋をどかした。ミノルは膝を折るようにして、仰向けに、箱の底に入れられていた。顔は土気色に変色している。血に染められたシャツ。バラバラにこそされていないが、彼が絶命していることは傍目から見てもわかった。見開かれた目が、最後の断末魔を無音で語っている。

ディが手を差し入れて、ミノルの首筋に触れた。

「死んでいます」

ディが云った。

「嘘っ」桜子がミノルを覗き込む。「嘘でしょっ?」

「脈がありません。既に死斑《しはん》も出始めているみたいです」

「何が死斑よっ」桜子はディを突き飛ばして、ミノルの手を取った。「ほらっ、大丈夫よ。まだ生きてるよっ」

しかしミノルの指先は、氷づけにでもされたかのように、硬直していた。死後硬直というものだろう。

わたしは貧血を起こしそうになった。

「未衣子さん、どうしました?」

ディが涼しげな顔で、しゃがみ込んだわたしを見る。でも彼は、別にわたしを介抱しようというつもりはないらしかった。基本的に、ディは優しくない。申し訳程度に声をかけてくることはあっても、彼はおそらくわたしのことなど心配していない。ディにとっては、事件だけがすべてで、事件以外のものに何の価値も見出さないのだ。だからわたしは何とか気分を持ち直して、平静を装って箱の傍に立った。けれどなるべく死体は見ないようにした。

「箱の底に、何か落ちていますね」ディは桜子には構わず云った。「鍵のようです。おそらく、この『創生の箱』を開ける鍵でしょう」

ディは鍵を取り出さずに、そのままにしておくつもりのようだった。現場の保存だ。

ミノルは死んだ。けれどわたしは、まだ現実の出来事として、彼の死を受け止められないでいた。どうして死んだのだろう。そして何故彼は『創生の箱』に入っているのだろう。犯人は足跡も残さず、どうやって別館から本館の大広間に『創生の箱』を運んだのだろう。あまりにも謎があり過ぎて、事件を理解できないのだった。

わたしたちは『創生の箱』をそのままにして、桜子を大広間から連れ出し、一階の応接間に向かった。

3

「ミノルさんは殺害されて、『創生の箱』の中に入れられていました」

ディが説明した。わたしたちは応接間のソファに座って、彼の言葉に耳を傾けていた。別館にいた客たちも既に全員集合していた。美久月だけはなかなか姿を見せなかったので、仕方なくわたしが呼びにいった。

「殺されたの？」

遠笠が足を組んで尋ねた。彼女は今日もキャリア・ウーマンを思わせるスーツを着ていた。

「右後頭部に殴られた痕跡があり、また胸に刺創がありました。胸の傷からの出血が少ないので、おそらく後頭部の傷が致命傷になったと思われます。犯人は気絶させるつもりでミノルさんを殴り、とどめに鋭利な刃物で胸を刺したのでしょう。実際には最初の一撃で彼は死亡しました。心拍停止後に刺されたので、出血は少なかったと考えられます。ミノルさんが右後頭部を殴られていることから、犯人は右利きだと思われます。僕の記憶に間違いなければ、ここにいる人は全員右利きのようですね。昨夜のパーティで、食事の際の利き腕を記憶しておきました」

ディはパーティの間、他人の利き腕を観察していたのか。ディは事件に関連させずに、日常を生きることができないのだろうか。わたしは呆れるというよりも、彼を気の毒に思った。

「私は両利きです」春井が云った。「特に意識せずに、両方の腕を使っています」

「ややこしいな。どっちかに決めなさいよ。利き腕から犯人を絞るという伝統が、クリスティの時代からあるんだから。両利きの人がいたら話が進まないでしょ」

遠笠が春井を責めるように云った。

「無茶云わないでください」

「いずれにしろ、利き腕から犯人を特定できるとは考えていません」ディは云った。「ところで、警察に通報するのが先決だと思うのですが、電話はもうありませんか?」

「昨日遠笠さんに壊された電話一台だけです」

藤堂が答えた。

「別館にもありませんか?」

「内線用の子機がありましたが、本館の本体が壊れてしまっては使用できません」

「予想通りになったわね」遠笠が嬉しそうに云った。「電話についてては、昨日の時点で私が処理しておいたんだから、いちいち話題にする必要はない。早く本題に入ろう」

ディは遠笠を一瞥して、何も云わずに頷いた。

「自動車で山を下りることは可能でしょうか？」

「無理ですね」三条が云った。「少なくとも、除雪車が通らない限り危険です。確か屋敷の除雪機は数年前から壊れたままだと、かつて岩倉さんから聞いたことがあります」

「僕らは藤堂さんの自動車で『アルファベット荘』を訪れました。ミノルさん、桜子さん、三条さんは破麻崎さんの自動車でこちらへこられたのですね？」

「そうです」

「遠笠さんは、僕らより前に『アルファベット荘』に到着していたようですね。どうやってここまでこられたのでしょうか？」

「タクシー」

「到着した時、『アルファベット荘』には誰かいましたか？」

「破麻崎さんがいた」

「はい、私が遠笠さんをお部屋に案内しました。私はディさんたちが到着されてから、三条さんたちを迎えに山を下りたんです」

「では春井さんは？　『アルファベット荘』にどうやってこられたのですか？」

「同じくタクシーです」

「わかりました」

「ねえ、ディ」わたしはディのセーターの端を引っ張った。「歩いて警察にいくのはどうかしら。幾ら雪でも、いけないことはないんじゃない？」

「いや、橘さん。やめておいた方が賢明です」三条が横から云った。「車にしろ徒歩にしろ、除雪車が通るのを待った方がいい。何しろ山道ですから、一面真っ白で道を見失いやすいんです」

「いつになったら除雪車が通るんですか？」

「わかりません。普通は市街の方から作業にかかるでしょうから、数日後だったとしてもおかしくないですね。むしろ太陽が雪を溶かしてくれるのを待った方が早いかもしれません」

「これだから田舎は嫌なのよっ」桜子が苛々した様子で叫んだ。「もうっ。一体誰がミノルを殺したのよ。この中に犯人がいるんでしょう？」

「もちろん、いるだろうね」

　遠笠は口元を歪《ゆが》めて笑いながら云った。

「持ち物検査をすれば一発で犯人がわかるんじゃないですかね」春井が眼鏡の位置を直して云った。「『創生の箱』の中に凶器はなかったわけでしょう。だとすると、犯人は凶器を持ち去ったということになる。『創生の箱』は中のものを消したりしませんから」

「考えられる凶器は、ハンマーのような鈍器と刃物です」ディは云った。「後頭部の出血は少なかったので、なるべく相手の頭に裂創を生じさせないようなものを選んだと思います。鈍器の表面に柔らかい布などが巻かれていたかもしれません。あるいは強化ゴム製のハンマーなどが考えられます。一方刃物については、あまり大きくないものが予想されます。一般的なナイフが用いられたと考えてよいでしょう。しかし持ち物検査をしたところで、凶器が発見されるとは考えられません。犯人は充分に凶器を隠す時間があったはずです」

「隠すといっても、本館と別館をくまなく探せば見つかるんじゃないですか？」

「見つかったところで、犯人を特定できるとは思えません。もう犯人の手を離れてしまっているのなら、見つける意味などないのです。警察に任せましょう」

「彼の死亡推定時刻は？」

遠笠が尋ねた。

「死斑の状況や死後硬直の状態から見て、午前二時頃と考えられます。室温を十度として、誤差を見積もったうえで計算しました」

「あなたの検死所見は信用できるの？」

「正確ではないと思いますが、大きく外れているということもないでしょう。仮に今の質問が、僕の発言の真偽を問うものならば、後ほど自分で確かめてみるといいでしょう。信用できないのであれば、信じる必要もないと思います」

「あ、怒った？」遠笠はからかうように云った。「怒らないで」

「別に怒ってはいませんが」ディは淡々と云った。「まずは事件の概要を皆さんで把握しておきたいと思います。昨夜八時にパーティが始まり、十時頃ミノルさんと桜子さんが本館の大広間を出ていますね。同じ頃、遠笠さんが大広間を出ました。桜子さんに伺います。その時、真っ直ぐ別館に向かったのですか？」

「ううん。藤堂さんからお酒とかお菓子とかもらってから、本館を出た」

「遠笠さんは？」

「私は寄り道しなかった。庭に出るテラスのところで、桜子さんたちと合流した。揃って別館の広間に向かったというわけ。二次会の始まりだね」

「僕らが別館に到着し、広間に入ったのは十一時前でした」ディは話を続けた。「この頃には大分雪が強くなっていたと思われます。もしも誰かがこの時間帯に本館と別館を往復して、雪に足跡を残していたとしても、後に降る雪がすべてを覆ってしまったでしょう」

「でもその時間はまだ、ミノルさんは生きていたわ。わたしたちの目の前で喋っていたもの」

わたしは昨夜の出来事を思い出しながら云った。ディは頷く。

「ミノルさんと桜子さんが広間を出たのは、零時頃でしたね」

「そうよ」

桜子はディを睨みつけるように見ていた。

「二人とも、すぐに自分の部屋へ向かったのですか？」

「ちょっとだけミノルの部屋にいたわ」

「何をしていたんですか?」

「いやらしいこと訊かないでよっ」桜子は顔を赤くした。「変態っ」

「喋りたくないなら構いません」ディは表情を変えずに続けて云った。「ミノルさんと別れたのは何時ですか?」

「零時三十分頃だったと思う」

「あなたはすぐに部屋に戻りましたか?」

「うん」

「さて、大体ミノルさんの昨夜の行動は把握できました。広間での集まりが散会になったのも、零時三十分頃だったと思います」

遠笠と春井と三条は、広間から出て何処にも寄らずに部屋へ帰ったと証言した。嘘である可能性は低いだろう。ミノルが殺害されたのは午前二時。もしも彼らの中に犯人がいるとしても、怪しい行動を取るにはまだ早い時間だ。

「わたしと先輩も、部屋に帰って寝ましたよね」

わたしは美久月の方を振り向いた。

美久月はソファの肘掛に顎を乗せて、うずくまるようにして居眠りしていた。

「先輩っ。ところ構わず寝ないでください」

「うわっ」美久月は突然起き上がった。「今、ビクッてなった。ビクッて」

「何云ってるんですか。ちゃんと起きてくださいよ」

「で、誰が犯人だったの？」

「まだそこまで話は進んでいません」

わたしは力なく首を振った。

ふと、昨夜のことを思い出す。

「そういえば一時頃、わたしは広間に戻りました。眠れなくて、喉《のど》が渇いたのでミネラルウォーターを飲みにいったんです」

わたしはそこまで喋ってから、まずいことを云ったと思った。一時頃、広間には何故かディが一人で座っていた。わたしはディを信用しているからいいとしても、他の客にとっては彼も容疑者の一人だ。真夜中に一人でいるところを目撃しました、と証言すれば当然ディが犯人として疑われる。わたしは続きを云うべきかどうか迷った。

けれどディがわたしよりも先に口を開いた。

「僕は一時頃まで、広間に残っていました。確かに未衣子さんがきました」

「怪しいっ」桜子がディを指差して云った。「広間に残って何していたのよ。広間には『創生の箱』が置かれていたわ。大体にしてディっていう名前がインチキくさい」

「見張っていたんです。『創生の箱』を」

「見張っていた？」

「遠笠さんは犯罪が起こることを予測していましたね。遠笠さんに限らず、何かよくないことが起こりそうだという雰囲気を、皆さん感じていたと思います。僕もまた、犯罪の予感を抱いていました。だから僕は犯罪が起こるであろう場所で、待ってみることにしたんです。本当に犯行がなされるかどうか」

「どうして最後まで見張ってなかったのよ」

桜子がディを咎めるように云った。

「あ、もしかして、わたしのせい？」わたしは訊いた。「もう寝ようなんて云ったから？」

「どちらにせよ、事件は起きるものです。探偵は起こってしまった事件を解く時にだけ、存在する価値を見出せるのですから」

「だからこそ、予め外との連絡を断ち、犯人が思う存分人を殺すことのできる環境を提供する。ねえ、ディさんなら私の気持ちをわかってくれるでしょう」

遠笠はディに微笑《ほほえ》みかけて、楽しげに云った。ディは彼女の言葉を黙殺した。

「理解できませんね」春井が両手を小さく広げて云った。一瞬、あなたたちが狂人に見えました」

「いや、僕には理解できるような気がします」三条が首を縦に振りながら云った。「僕は長年犯罪者を追って研究しているわけですが、彼らのほとんどは芸術性のない無様な罪を犯した者たちです。しかし稀《まれ》に、完璧なまでに観念と理想によって紡がれた芸術的な犯罪を企てる者が登場するのです。彼らはおそらく、絵の世界や音楽の世界において天才が現れるのと同じくらいの周期で、唐突に退屈な犯罪社会に姿を見せるのです。できることなら、彼らの若い芽を摘み取ってしまいたくない。他の瑣末《さまつ》な犯罪者たちを蹴散らすくらいの、とびきりの犯罪を見せてくれたらいいと願うほどです」

「あなたたち、みんな病気よ」桜子が鋭く云った。「でも確信したわ。犯人はあなたたちの中にいる。私だって、これでも犯罪者を追ってきた人間の一人だわ。絶対犯人を捕まえてやる。遠笠さん、あなたが電話を壊したのは正解だったわ。だって、誰にも邪魔されずに、犯人を捕まえられるものね」

桜子の姿が急に大人びて見えた。瞳にも知的な煌《きらめ》きがあるような気がした。

「病気とはよく云ってくれたものだ」遠笠はわざとらしく首を竦めた。「クローズド・サークルに乾杯ね」

「ミーコ」美久月がわたしに小声で囁《ささや》きかけてきた。「クローズド・サークルって何？　ミステリー・サークルなら作ったことあるんだけど」

クローズド・サークルというのは、吹雪の山荘や嵐の孤島といった、閉塞《へいそく》状況における殺人をテーマにしたミステリのことを云うらしい。わたしは美久月に説明した。わたしはミステリも多く読むけれど、どちらかといえば海外のハードボイルドや冒険小説が好きなのだ。だからあまり詳しくは知らない。

「というか、先輩。ミステリー・サークルを作ったことがあるんですか？」

「うん。超でっかいの作ってやった」

「嘘っぽい」

わたしは横目で美久月を見た。

「しかし雪で閉じ込められてしまうことまで、犯人が予測していたとは思えませんが」

春井が冷静な口調で云った。客たちの中で、ディに次いで冷静なのが春井だった。

「いや、予測は簡単だろう。天気予報でさんざん注意を促していたからね」遠笠は云った。

「しかし春井さん。あなたは勘違いしているな。犯人が、必ずしも私たちを閉じ込めようと考えていたとは限らないでしょう?」

「なるほど。確かに今から我々が警察に向かったところで、事件が解決するわけでもないですね。実際、我々全員は強固なアリバイを保有している。誰もが犯行不可能の状況です。犯人は別にクローズド・サークルを狙っていたわけではなかったのかもしれませんね」

「クローズド・サークルは、普通二つの状況に分けられる」遠笠は指を立てた。「一つは、自然によって形成されたもの。吹雪とか嵐とかね。崖崩れで道が塞《ふさ》がれたり、海を渡るための船が津波で沈んでしまったり。もう一つは、犯人の手によって形成されたもの。犯人が門を封鎖してしまったり、橋を落としたりする。もちろん複合的なものもあると思う。ただ、もう一つだけ、クローズド・サークルに新たな項目を足してもいいんじゃないかな」

「新たな?」

「犯人を追う人間たちのためのクローズド・サークル。つまり、探偵による探偵のための閉塞状況」遠笠は歌うように云ってから、満足そうに頷いた。「私たち自ら、内側に残ってやろうってわけ」

この人たちは確かに正気ではない。わたしは思った。

4

「雪が止んだと思われるのは、午前一時頃のことです」ディは事件の説明を続けた。「それから後は、おそらく小康状態を保っていたと思います。電話がないので正確なところを調べられませんが、仮に一時以降も降り続いていたとしても、積雪量が少なかったことは確かです。もしも一時以降に犯人が別館を出るようなことがあれば、間違いなく朝まで足跡は埋もれずに残っていたはずです」

「つまり、犯人は一時以降も外に出ていない？」

春井が尋ねた。ディは曖昧に首を振った。

「少なくとも、一時頃まで僕の目の前に『創生の箱』がありました。僕が広間を出てからでなければ、箱の中にミノルさんを入れることはできなかったでしょう」

「『創生の箱』にレプリカが存在するという話はないの？」

遠笠が春井の方を向いて尋ねた。

「聞いたことはないですね。本館の大広間にあったものがレプリカだとしたら、多分すぐにわかると思います。私ならば」

「やけに詳しいね」

「趣味ですから」

「では事件をまとめてみましょう」ディが云った。「死亡推定時刻から考えて、犯人は午前二時頃、ミノルさんの部屋にいき、彼を殺害しました。その後広間にあった『創生の箱』の中に彼の死体を入れます。犯人は庭に足跡を残すことなく、何らかの理由で、『創生の箱』を本館に移動させました」

「理由は簡単だ。死体が別館で見つかれば、別館に泊まっていた人間が容疑を受ける。だが死体が本館で見つかれば、容疑は晴れる。雪に足跡が残されていない以上、誰も本館に向かったはずはないからね。ましてや『創生の箱』まで移動させたんだ。箱を押して歩いたような跡がなければおかしい」

遠笠が云った。彼女の言葉に賛同するように、ディが頷く。

「ん？」桜子が顔を上げた。「ということは、本館にいた人が犯人じゃないの？」

「私は犯人ではありません」

藤堂が素早く答えた。彼女は、いつか自分が疑われるだろうということを予測していたようだった。昨夜本館に残っていたのは彼女一人だ。

「いや。藤堂さんも、僕たちと条件は同じでしょう」三条がのんびりとした口調で云う。「彼女は本館から別館に移動して、ミノルさんを殺害しにいかなければならない。おまけに『創生の箱』と一緒に本館に戻る必要がある」

「そっか」

「足跡のない殺人だね。犯人はいかにして本館と別館をいききしたのか。なかなか古典的な問題になったな」

遠笠は窓の方を見ながら云った。立ち上がって服の裾を直す。ソファに座るわたしたちを見回して、腰に手を当てた。

「さて、私はこれから調査に向かう。無駄話していても、事件が勝手に終わるわけじゃない」

遠笠は応接間の外へ出ていこうとした。春井が彼女を呼び止める。

「危険ではないですか？　もしかすると、我々以外の第三者が屋敷の中に隠れていて、我々全員を殺すつもりでいるかもしれない。例えば岩倉さんが生きているとしたらどうです。彼しか知らない秘密の通路があったとすれば、我々は身を守ることさえ難しくなります」

「犯人が誰だろうと、私は平気だ」

遠笠はスーツの内側から、湾曲した鉄のようなものを取り出した。黒い取っ手がついている。よく見るとそれは小型の糸鋸《いとのこ》だった。

「な、何でそんなものを隠し持っているんですかっ」

わたしは思わず尋ねた。

「護身用だ」

遠笠は糸鋸を片手に、部屋を出ていってしまった。

「一番怪しいのは、あのノコギリ女だわ」桜子は眉をひそめた。「平気で二、三十人殺しそうな態度だもの」

「僕らはどうしましょうか？」三条が尋ねた。「一度解散して、彼女のように犯人探しでもしますか？」

「そうですね」春井が頷く。「ただし、一つ提案させてください。立ち歩く時は、常に二人一組で行動すること」

「それは何故？」

「第二の犯行を封じるためです。犯人は凶器を現場に残しませんでした。もしかすると次の殺人を企てているかもしれません。もしもここで我々が散り散りになって行動すれば、犯人の思う壺《つぼ》です。殺す相手を選びやすくなります。しかし二人一組で行動した場合、犯人は行動を制限されます。彼ないし彼女はペアの相手を殺すことができません。何故なら、相手を殺してしまうと残った自分が即座に犯人として疑われてしまうからです。また、他の組の人間を殺したいと思っても、ペアで行動している以上、アリバイの確保が難しくなります。三人ずつの組にすると共犯関係が生まれる可能性もあるので、多少のリスクは覚悟でペアとします」

「じゃあ、私は春井さんとペアになるっ」

桜子は立ち上がると、向かいに座っていた春井の隣に移動した。春井の腕を抱えて、頬を擦り寄せる。何という変わり身の早さだろう。死んだミノルのことは、もうどうでもよくなってしまったのだろうか。

「ああっ、冷たい目で私を見ないで。ねえ、春井さん」桜子は云った。「別に最初から、ミノルのことなんか好きじゃなかったんだから。彼が死んだって哀しくないわ。確かにショックだったけど、それはね、彼にお金を貸していたからよ。だって、死んだらもう返してもらえないでしょう?」

「春井さんとペアになるのは私です」突然、家政婦の藤堂が云った。「どうせお金のことしか頭にないあなたは、箱にでも入れられて死んでください。早く春井さんから離れて。私は愛の力で、春井さんに近づくすべての悪意を払いのける義務があるのです」

「何よっ。あんたこそあっちいってよ。庭の雪を全部食べて、お腹壊して死んじゃえっ」

「あなたこそ早く出ていってください。外でうっかり凍死でもしてください」

桜子と藤堂の間でいさかいが繰り広げられている間、美久月とディは何かを話し合っていた。もしかしてわたしをのけ者にして、二人で何処かにいってしまうんじゃないかと、わたしはどきどきしていた。

春井は退屈そうに、二人の女性のやり取りを眺めていた。人間を好きになれないという割には、彼は女性に好かれる体質らしい。

「ではこうしましょう」春井は云った。「桜子さんと藤堂さんでペアを組んでください。私はディさんか三条さんのどちらかとペアを組みます。これでいいですか?」

「ええっ、やだやだ、春井さんと一緒がいい」

桜子は駄々をこねた。

「わかりました」藤堂が素直に頷いた。「私は春井さんの意見に従います」

「あ、何よ。いい子ぶっちゃって。ふん。いいわ、私もあんたと一緒で。でも足手まといにならないでね。私が誰よりも先に犯人を捕まえるんだから」

桜子は応接間を飛び出していった。藤堂が彼女の後についていく。彼女たちがいなくなると、部屋は急に静かになった。

「僕はここに残ります」ディは云った。「春井さんは三条さんといってください」

「わかりました。後ほど戻ってくるつもりです」

春井と三条は部屋を出ていった。

残ったのはわたしと美久月とディと破麻崎の四人だった。

「別に動き回らないでも、考えることはできるのに。みんな頑張り屋さんだなあ」

美久月は空いたソファに横になり、頭の後ろで手を組んでいた。見るからにだらしない格好だ。スカートが太腿《ふともも》まで捲れあがっているのに、彼女は全然気にしていない。

「あ、あの」破麻崎が口を開いた。「私はどうすればよろしいでしょうか」

「ここに残った方がいいと思います」

ディが云った。

「何でこんなことになってしまったのでしょう」破麻崎は顔を覆って俯いた。「明後日友だちと会う約束だったのに、このままだと帰ることもできません。ああ、ちゃんと友だちに連絡しておかなきゃ」

破麻崎はエプロンの前ポケットから携帯電話を取り出して、アンテナを伸ばすと、通話ボタンを押した。友人を呼び出して、明後日はいけないかもしれないということを伝えると、通話を切る。

「はあ。いつになったら帰れるのでしょうか」

破麻崎は溜息をつきながら、携帯電話をしまった。

「『はあ』って、溜息ついてる場合じゃないですよっ。破麻崎さん、携帯電話を持ってるじゃないですかっ」

「あ」

「貸して貸して」

わたしは破麻崎から携帯電話を受け取って、ディに渡した。ディは早速一一〇番に電話をかける。

「破麻崎さん、どうして携帯電話を持っていたのに黙っていたんですか?」

わたしは尋ねた。ディは横で警察と話をしている。

「あの、その、すみませんっ。忘れてました」

「昨夜のパーティの時、携帯電話を持っていても手を上げなかったんですね?」

「いえ、上げようとしたんですけど、そしたら遠笠さんが桜子さんの電話を壊しちゃったので、黙っておくことにしたんです」

「ナイスですっ。これで無事に東京へ戻れるわ」

「いえ」ディは通話を終えて、携帯電話を破麻崎に返した。「警察はこられないそうです」

「えっ。どうして?」

「山のふもとでスリップ事故が発生して、現在復旧作業中だそうです。おまけに、外を見てみてください」

わたしはソファから離れて、窓のカーテンを開けた。すると、窓の向こうは真っ白で何も見えなかった。雪だ。しかも猛烈な吹雪。雪はほとんど風で真横に飛んでいた。冷たい風の音が聞こえる。

「いつの間に」

わたしは呆然となって云った。

「空からの救援も無理ですね」

「今夜は本館で寝ようよ」美久月が云った。「外に出るのヤダ」

わたしも同意見だった。

「どうして本館と別館は繋がっていないんでしょうね」

「もともと『アルファベット荘』には、本館しかなかったそうです。庭にも少ししかアルファベットがなくて、もちろんまだ『アルファベット荘』という名前はついていなかったらしいです」破麻崎が説明した。「けれど別館が増設されて、庭が柵で囲まれた頃から、アルファベットも増え始め、今のような『アルファベット荘』になったと云われています」

「もともとはカトリックの宣教師の家だったんでしたっけ？」わたしは前に藤堂から聞いたことを思い出していた。「アルファベットは墓標だったんでしょう？」

「そうなんですか？　私は悪魔《あくま》崇拝《すうはい》のための道具だったと聞きました」

「悪魔崇拝？　いかがわしい話になってきましたね」

「友だちから聞いた話ですけど、カトリックというのは表向きの顔で、実は悪魔崇拝の組織がこっそり館を建てたのだという話です」

「アルファベットの配置に何か悪魔的な意味があるのかしら」

「アルファベットを増やしていったのは、宣教師たちではなくて、その後の所有者たちという話ですから、特に意味はないかもしれません。ただ、私も詳しくはわかりません。全部噂話ですから」

「ねえ、ディ。アルファベットについて考えてみようよ」わたしはマントルピースの上に置かれていた本を手に取って、頁の間からしおりを抜いた。「破麻崎さん、何か書くもの持ってませんか?」

「どうぞ」

破麻崎はエプロンのポケットからボールペンを取り出した。

わたしはしおりの上に、アルファベットを並べて書いてみる。


ABCDEFGHIJKLMNOPQRSTUVWXYZ

そのうち、本館の中にあるアルファベット。

SUVW

別館の中にあるアルファベット。

ＩＬＴＹ

庭にあるアルファベット。

ＡＢＣＤＥＦＧＨＪＫＭＮＯＰＱＲＸＺ

「建物の中には四つずつしかないですね」

「何かのアナグラムになっているんじゃない？」美久月がようやく身体を起こした。「文字を並べ替えると、意味のある言葉になるとか」

「ちょうどよく、暖炉の上に辞書がありました。調べてみましょうか。建物内部にある八つの文字でできる単語は」

わたしは辞書を捲りながら、思案した。八文字のうち、三つや四つを組み合わせれば幾つか単語ができるけれど、八文字全部を使うとなると、辞書では簡単に見つけられそうになかった。

「降参です」

わたしは五分ほどで辞書を投げ出した。

5

「どうしてミノルさんの死体は『創生の箱』の中に入れられていたのかしら?」わたしはディに尋ねた。「別に『創生の箱』がなくても、犯人のアリバイは確保できたはずよね。わざわざ箱に死体を入れても、意味がないんじゃないかしら」

「しかし気まぐれで死体を箱の中に入れたとも思えません。犯人には犯人なりの理由があって、『創生の箱』を持ち出したと考えられます」

「『創生の箱』にまつわる伝説に見立てたのかなあ?」

「むしろ伝説は関係ないかもしれません」ディは軽く目を閉じて云った。「ところで、破麻崎さん。『創生の箱』の鍵は、どちらに置かれていましたか?」

「多分、本館の一階にある準備室だったと思います。準備室というのは、私たち家政婦が休憩したり泊まったりする部屋です。昨夜は、藤堂さんが準備室に泊まっていたと思います。『アルファベット荘』の鍵はすべて、準備室のキーボックスの中にかけられていたと思います」

「キーボックス自体は、開閉が自由になっているのでしょうか?」

「はい。けれども、藤堂さんは準備室を離れる時、必ず扉に鍵をかけて出るようにしていたので、誰かが忍び込んで鍵を盗むことはできなかったと思います」

「わかりました」

ディは小さく頷いた。

「『創生の箱』の鍵は、死体と一緒に中に入れられていたよね」わたしは『創生の箱』の底に落ちていた銀色の大きな鍵を思い出した。「昨夜、箱の蓋には鍵がかけられていたわ。犯人は予め準備室から鍵を盗んでおいたのかしら」

「おそらく。藤堂さんは準備室の管理を怠らなかったようですが、鍵が盗み出されているのは事実です。何らかの方法で盗み出されたのでしょう」

「鍵を用意しておいたということは、犯行が計画的だったということになるわね。ううむ」わたしはディの真似をして腕を組んだ。「つまり、ミノルさんの死体を『創生の箱』の中に入れることは、犯人にとって最初から計画のうちにあった。ということは、犯人にとって『創生の箱』は犯行に必要不可欠な要素だったということになるわね」

「あら、珍しくミーコが頭を働かせているわね」

「わたしはいつだって考えているんですよ、先輩」わたしは口を尖《とが》らせた。「犯人は『創生の箱』を別館から持ち出して、どうする気だったんでしょうね」

「盗むつもりで持ち出したはいいけれど、重たくて途中でやめてしまった、というのはどうかしら?」

「『創生の箱』はあまり重くないようでしたよ。桜子さんが箱を乗り回して遊んでいたくらいですし。ただ、死体が入ったらそれなりに重たいでしょうけれど」

取りとめもなく事件について話し合っていると、扉が開かれて、春井と三条が入ってきた。

春井は片手にインスタントカメラを持っていた。

「現場の写真を撮っておきました」春井はソファに座り、カメラをテーブルの上に置いた。「しかし既に、現場は遠笠さんによって荒らされた後でしたけれどね」

「あの人、滅茶苦茶しますねえ」三条は頭を掻きながら云った。「僕らは彼女の召使でしたよ。彼女に命じられるまま、死体を箱から出したり、箱を引っ繰り返したり」

「まあおかげで、『創生の箱』をよく観察することができました。大広間に置かれていた箱は紛れもなく本物でした。レプリカではありません。『創生の箱』が二つあるのではないかと疑っていたのですが、どうやら見当違いのようです。昨夜別館にあった『創生の箱』と、今大広間にある『創生の箱』は同じものです」

春井は説明した。彼はポケットから古びた鍵を取り出して、カメラの横に置く。

「これが『創生の箱』の鍵です。撮影を終えたので、持ってきました。蓋に鍵をかけておいたので、もう死体が紛れ込むようなこともないと思います。もっとも、『創生の箱』が本当に呪われた箱ならば、死体の出現ぐらい覚悟しなければならないかもしれませんが。ミノルさんの死体は、シーツをかけて大広間に横たえてあります」

「何か他にわかったことがありましたか?」

「いいえ。まったく。ただ、これは個人的な印象に過ぎませんが、『創生の箱』は紛れもなくMOであると思われます」

「あの、突然お尋ねして申し訳ないのですが、MOって何ですか?」

破麻崎はお下げにした髪の先を神経質そうに撫でながら、質問をした。わたしは前に春井から聞かされているので、MOについては知っている。

「『Mysterious Objects』の略です。人間に悪影響を及ぼすことのある、古い骨董品《こっとうひん》などのことです」

「MOの発祥について教えてもらえますか」

　ディが尋ねる。

「OOPARTS《オーパーツ》はご存じでしょうか。『Out Of Place ARTifactS』の略です。日本語では『場違いな人工物』と訳されますが、要するに発見された場所や年代にそぐわない遺物品のことなどを指します。有名な『マヤの水晶髑髏《どくろ》』は、マヤ文明の遺跡で発見されたものですが、当時の技術では考えられないほど精巧に、一つの水晶から髑髏の形が削り出されています。『コロンビアの黄金のシャトル』は千五百年以上昔の遺跡から発見された、航空機の形をした黄金の遺物です。これらの遺物の真相を巡って、一部の考古学者の間でOOPARTSに関する研究が進められています。一方MOは比較的最近になって認知され始めたもので、OOPARTS研究から派生したものだと云われています」

「MOは世界にどれくらい現存しているのですか」

「確認されているだけでも、約五百あると云われています。しかし、ごく少人数の間に伝わる民間伝承のような場合には、MOの存在自体が外に漏れにくいので、実際にはもっと多くあるでしょう。そして今後も増えていくでしょうね」

「所有者である岩倉さんは、『創生の箱』がＭＯであるということを知っていたようですか?」

「知っていましたよ。だからこそ買い取ったのだと、私は思っていましたが」

「自業自得ってやつじゃない?」

美久月が両手を上げて伸びをしながら云った。

「まあ少なくともＭＯを手にしたら死を覚悟しなければならないですからね」

「春井さんは、何か他のＭＯを手に入れたことはないのですか?」

ディは尋問するような口調で訊いた。

「ないです」

「今回の事件やドイツで起きたというバラバラ殺人も、『創生の箱』の伝説が実現されたものだと思いますか?」

「どうですかね。ジークベルト教授やミノルさんを殺したのは人間でしょう。箱が人間を食い殺すわけはない。私は神秘主義者ではありませんから、ＭＯにまつわる事件が起きたとしても、超常識的な理論で片付けようとは思いません。もっとも、私が犯人ではなかった場合ですが」

「犯人なのですか?」

「まさか」春井は苦笑して、素早く話題を変えた。「『創生の箱』は、死亡したジークベルト教授の奥さんであるゼルマさんから、岩倉さんに売られました。彼女は一刻も早く手放したがっていたそうですが、どうせなら高く売りたいと考えていました。『創生の箱』を手に入れたいと願う好事家《こうずか》は世界中に沢山いたようですが、ゼルマさんのもとに一番早く届いた手紙が、岩倉さんを紹介する手紙だったそうです。実際に幾らの金額が払われたのかはっきりしていませんが、まあ私の想像の及ぶ金額ではないことは確かです。さきほど美久月さんが、自業自得だと云われましたが、まさにその通りかもしれません。岩倉さんはまったくＭＯの効力や呪いについて信じてはいませんでした。むしろ馬鹿にしていたとも云えます」

「でも『創生の箱』の呪いが死をもたらすとは思えませんねえ」三条が顎をさすりながら云った。「非科学的です。ミノルさんが殺されたのだって、何者かによる動機があってこそのことでしょう。箱は人を殺しませんよ」

「動機ですか」春井は眉根《まゆね》を寄せた。「我々はほとんどが初対面です。動機などあり得るでしょうか」

「でもミノルさんは殺されてしまいました」わたしは云った。「ちょっと動機について考えたんですけど、聞いてもらえますか。確かに初対面の人が多くて、お互いの情報を何も知らない状態だったかもしれませんけれど、一人だけわたしたちのことを知り尽くしている人間がいると思うんです」

「パーティの主催者ですね」

ディの言葉に、わたしは頷く。

「岩倉さんの名前を使ってわたしたちを呼んだ人間がいることは事実です。その人物は、やはり何らかの目的を持って招待したに違いありません。招待客に共通するのは、今まで犯罪に関連したことがあるという点です。パーティの主催者は、わたしたちを集めることで、犯罪に関する情報を集めようとしたんじゃないでしょうか」

「情報を集めてどうするのです？」

春井は丁寧に尋ねて、僅かに眼鏡の縁を上げた。

「売るんですよ」わたしは胸を張って云った。「つまり、パーティの主催者はミノルさんだったわけです。ミノルさんは犯人の情報を警察に提供するなどして、賞金稼ぎをしていたそうですね。彼にとって犯罪に関する情報は資金源なのです。だからわたしたちから情報を得て、今後の仕事に役立てようとしたのではないでしょうか」

「得られるかどうかもわからない情報のために、わざわざ『アルファベット荘』を乗っ取って、パーティなんか開こうとしたの？」

美久月が意地悪そうな目で、わたしの顔を覗き込んだ。

「はい。まあ、そういうことです」

「じゃあ何故彼は殺されちゃったのよ」

「わたしたちの中に、ミノルさんには知られたくない情報を持っている人間が紛れ込んでいたとしたらどうでしょうか。あるいはその情報をネタに、ミノルさんに強請《ゆす》られたのかもしれません。ミノルさんを生かしておくわけにはいかないと考えた犯人は、彼を殺害してしまったのです」

「ミーコ」美久月は突然、わたしの頭を撫でた。「よしよし。あなたはよく頑張ったわ」

「先輩、わたしの話を馬鹿にしてません？」

「そんなことはないわ。もちろん、馬鹿にしてるわよ」

「どっちなんですか」わたしは怒って云った。「わたし、何か間違っていましたか?」

「あなたの云う犯人は、ミノルさんに招待されてきた人間の一人ということになるわよね。だとすれば、私たちが他の招待客について何も知らなかったように、その人物もまた、招待されたメンバーについて何も知らなかったはず。だからミノルさんが招待客の一人として紛れ込んでいることも知らなかったはずだし、彼が主催者だということも見抜けなかったはずよ。ということは、犯人は『アルファベット荘』を訪れて、初めてミノルさんに会った」美久月は急に演劇調の口振りになった。「さて、ミノルさんが犯人についてどんな情報を握っていたかは知らないけれど、強請りにいくとしたら、みんなが寝静まった夜中でしょう。死亡推定時刻に合わせて、午前二時頃としてもいいわ。ミノルさんは犯人のところへ向かい、ビジネスの話を始める。ああ、そしてついに、逆上した犯人によってミノルさんは殺されてしまった」

「先輩、何が云いたいんですか?」

「さっきミーコは云っていたわよね。『鍵を用意しておいたということは、犯行が計画的だったということになる』と。犯人はいつ、犯行を計画していたのかしら」

「あっ」

わたしは思わず口を開けていた。

「仮に、犯人がとっても頭の回転が速くて、ミーコみたいな天才だったとしたら、あっという間に不可能状況を組み立てられたかもしれないわ。庭の積雪や箱を利用して、何らかのトリックを用いてね。鍵もどうにかして手に入れられたとする。ミーコみたいな天才だったら、手に入れられないはずがないわ。だから死体の移動に関してはよしとしましょう。けれど気になるのは、凶器についてね。ミーコみたいに天才的な犯人は、人の頭を殴ってもなるべく裂創の起きないような鈍器を偶然持っていたことになるわ。殴った時に、頭部の表面に傷ができると、返り血を浴びてしまう。頭部の傷は意外に出血量が多いのよ。犯人は事前にそういった点まで考えて、突発的にミノルさんを殺してしまったのかしら？　もちろんミーコみたいな天才なら、とっさに考えることもできたんでしょうけど」

「先輩」わたしは肩を落とした。「もう何も云わないでください」

「よしよし」美久月は再びわたしの頭を撫でる。「私は喋り疲れたわ。ディ、あとはよろしくね」

ディは無言で頷き、ソファの背もたれから身体を離した。テーブルの上の鍵を手に取る。

「随分古い鍵ですね。複製することは可能でしょうか」

鍵はかなり大きく、柄の先端には凹凸の刻まれた小さな鉄の板が突き出ている。錆《さび》が浮いていた。

「複製は難しいようです。聞くところによると、現在の鍵は既に複製品、つまりスペアキーなのだそうです。もとの鍵は失われてしまったそうです。おかげで、複製から複製をつくろうとすると、微細なずれが生じて、どうやら巧く開かないらしいのです。わざとスペアキーのみが保存されているのではないかと、私は考えていますが」

「蓋を開けるための鍵穴は二つありますね」

「ええ。蓋の両側面に錠がついているんです。蓋の構造上、片方の側面だけに鍵をかけても不安定になりますから、両側面に鍵穴があるようです」

「春井さん、本当に『創生の箱』を見たのは初めてなんですか?」

三条が訝しげな表情で尋ねた。

「はい。私の知識は、すべて聞き知ったことです」

「ふうん、なるほど。ところで岩倉さんから、とある青年の話を聞いたことがあります」三条はゆっくりと居住まいを正した。「謎めいた長身の青年で、彼は美術品に関する話をやたらと聞きたがるんだそうです。決して身分を明かそうとしないが、岩倉さんは彼の美術品やアンティークに関する知識に圧倒されているようでした。ここ数年は、ずっと『創生の箱』について知りたがっていたそうです。一体彼は何者なんでしょうねえ」

「おそらくただの物好きな男だと思いますけどね」春井はそっけなく云った。「三条さんは、以前から岩倉さんと交流があったのですね?」

「ええ」

「あなたの研究している芸術犯罪とは、一体何ですか?」

「前にも説明した通り、観念による犯罪のことですよ。僕は美しいものに惹かれます。例えば『創生の箱』も実に僕好みのものですね。むしろ僕の考える芸術のさらに一歩先をいっている。芸術というものは所詮、人間が生み出すものでしかないのです。ところが『創生の箱』は無から有を生み出す。まるで生物であるかのようです。創生とは、創り生み出すこと。無機物に創生は不可能です。どんな無機物も自らの種を創生することはできず、できることといえばせいぜい化学変化がいいところです。数そのものを増やすことはできません。しかし生物は違う。生物は新たなものをこの世に創生できるのです。無機物とは違って様々な種を増やすことができる。創生とは生きるものだけに許された究極の行為だと考えます。『創生の箱』は、そういう意味では生物と非生物の間に存在する、亜生物ではないかと僕は考えます。冗談にしか聞こえないでしょう。だが僕は、『創生の箱』に芸術という観念の根源があるような気がしてならないのです」

わたしは背筋が寒くなった。大広間でわたしたちが見た箱は、生き物のように呼吸をしていたのだろうか。

「ねえ、三条さん。『ドラクエ』やったことあります？」

美久月が云った。どうせまた人喰い箱の話を持ち出すのだろう。

6

突然扉が開かれ、遠笠が入ってきた。

彼女は澄ました顔でソファに座ると、髪を後ろに払った。僅かにスーツが濡れている。

「事件は解決した」

「ええっ？　本当ですか？」

わたしは身を乗り出して、遠笠に尋ねた。彼女は鼻で笑いながら頷く。

「犯人は春井真那さん、あなただ」

「いきなり指名ですか」春井は目を丸くして云った。「一体何を根拠に」

「ミノルさんを殺害して、死体を本館に運ぶことができたのは、あなたしかいない」

「どうやって足跡を残さず、本館までいったというんですか。あなたも知っているように、私は別館にいました」

「簡単なことだ。どうやらあなたたちは、別館から本館に移動する際、どうしても庭を横切っていくものと考えているようだね。だからいつまでも問題は解けない」

「では裏口から外に出て、迂回《うかい》したとでも？」

「裏口が利用された痕跡はなかった」

「それならどうやって」

「一階の階段の正面に、窓がある。犯人はここから外に出た」

「窓の下に足跡が残るでしょう？」

「あなたは足跡を残さないように歩いたんだ。庭を囲っている鉄柵を使ってね。鉄柵は別館から本館の端まで繋がっている。あなたは鉄柵に摑まって、遠回りをして本館に向かったんだ」

わたしは啞然として、遠笠の話に耳を傾けていた。確かに鉄柵は庭をぐるりと囲って立っている。鉄柵は地面に対して垂直に立っているから、雪もほとんど積もらないだろう。だから鉄柵の格子に摑まって足が着かないように移動したとすれば、痕跡はほとんど残らないかもしれない。

「なるほど、柵か」春井は感心したように云った。「けれど、この方法で本館と別館を往復できたとしても、何の意味があるんです？　ミノルさんの死体を運ばなければならないのに、両手は鉄柵を摑んでいるため塞がっているのですよ」

「死体は背負えばいい。シーツか紐《ひも》で身体に括りつける」

「ミノルさんの体重が幾らかは知りませんが、成人男子の死体を背負って、鉄柵に摑まり、別館から本館までの長い距離を移動できたでしょうか」

「ご苦労なことだけど、相当な体力仕事に違いないね。だからこそ、春井さんが犯人なんだ。まず女性には鉄柵を利用して移動することさえ、ままならなかっただろう。少なくとも私は途中で挫折《ざせつ》する。というよりも、初めから鉄柵を利用しようなんて考えなかっただろう。残る容疑者は男性三人、つまり春井さんと三条さんとディさん。三条さんは小柄で、ミノルさんよりもずっと身体が小さい。密かに身体を鍛えていたとしたも、体重差は克服できないだろう。ディさんは細身で、はっきり云って体力があるような身体には見えない。残ったのは春井さん。あなたもあまり強そうな体型ではないけれど、可能性が残されているのはあなただけだ」

「まあいいでしょう。私がミノルさんの死体を背負って、別館に移動したとします。私は再び鉄柵に摑まって、別館に戻り、今度は『創生の箱』を運ばなければなりません。『創生の箱』は木製なので、死体ほど重たくはないと思いますが、さすがに背中に担げるような形状ではないと思います」

「そうだね」遠笠は頷いて微笑んだ。「何故わざわざ『創生の箱』に死体を入れたのかという問題は、結局その点に集約されると思う。つまり、何らかの方法で足跡を残さずに本館までいけたとしても、『創生の箱』をどうやって運んだのか、という疑問が更に浮かんできてしまうんだね。『創生の箱』には車輪がついているから、移動には苦労しないみたいだけれど、雪の上に車輪の跡はなかった。だからますます、事件の不可能性が際立ってくる。けれど別に、深刻な問題というわけでもない。実に簡単な方法で、『創生の箱』を運ぶことができる」

「どうやって?」

「分解すればいい。ちょうど直方体の図形を展開するみたいに、それぞれの側面を一つ一つ外していって、持てる分だけ持って本館に移動すればいい。何度か往復して、すべてのパーツを運び終わったら、再び組み立て直す」

「プラモデルみたいに云いますね」春井は苦笑いを浮かべて、口を挟んだ。「『創生の箱』は何世紀も前からこの世に存在していて、壊れずに今も残っているんですよ。丈夫なんです。プラモデルみたいに、容易にバラしたり組み立てたりできる代物ではないと思います」

「『創生の箱』について知っているのは、あなただけだ。あなたの言葉を信用するわけにはいかない」

「疑い深い人だ。大広間にいって、分解できるかどうか確かめてきたらいいのでは?」

「やってもいいなら、やるけど」遠笠はスーツの内側から糸鋸を取り出す。「接着剤を用意してくれれば、ちゃんと元に戻すよ」

「や、やめてくださいっ」三条が慌てて云った。「貴重な芸術品なのですよ。乱暴はやめてください」

「ということで、春井さんが犯人というわけなんだけど、何か意見のある人は?」

「はい」わたしは手を上げた。「春井さんは『創生の箱』の鍵をいつ手に入れたのですか?」

「最初から持っていたんでしょう」

「でも、準備室のキーボックスの中に鍵はしまわれていたと、破麻崎さんが云っていますよ」

「偽物だよ。春井さんが、岩倉の名を騙《かた》って『アルファベット荘』を乗っ取っていた人物だとするなら、鍵の一つや二つ、予め準備することもできただろう」

「春井さんがわたしたちを招待したのですか?」

「おそらく」

「動機は? どうしてわたしたちを招待し、ミノルさんを殺害したのですか?」

「そんなことは本人に訊いてくれ? ねえ、春井さん」

「私は彼を殺していませんし、あなたたちを招待した覚えもありません」春井はゆっくりと首を振った。「一つだけ反論させてもらいましょう」

「ええ、どうぞ」

「鉄柵を使って本館に移動するのはよいですが、犯人は何処から本館の中に入るのですか?鉄柵の傍に窓はありませんよ」

「雪の積もっていない屋根の下を通れば、テラスから中に入れる」

「しかしですね」春井は一瞬だけ、微笑みを浮かべた。「藤堂さんは戸締りをしていたはずです。外から中に入ることができたでしょうか」

「あ、あの。指示書には、本館の戸締りについて書かれていました。藤堂さんなら、きちんと指示書に従って戸締りしたと思います」破麻崎が春井に続けて云った。「私が別館に泊まったのもそのためです。用事がある場合には、本館にいかなくても済むように」

「春井さんと藤堂さんの共犯も考えられる」

遠笠は素早く云った。けれど彼女の言葉は、苦しい取り繕いに聞こえた。

そこへちょうどよく、藤堂と桜子のペアが帰ってきた。彼女たちは何かを云い争いながら部屋を横切り、お互いに離れた場所に座った。

「藤堂さん」わたしは早速尋ねた。「昨晩、庭に面した窓は全部戸締りしましたか?」

「はい」

「一階も二階も、全部?」

「はい」藤堂は云ってから、すぐに首を振った。「いえ、そういえば、庭に面した二階の窓は鍵を閉めていなかったです」

「どうして?」

「指示書に書かれていましたので」

死んだはずの岩倉から提出された指示書。わたしは不吉な予感を覚えた。事件を解くための閃きを感じたような気がしたけれど、明快な答えは得られなかった。

「鉄柵を使って移動した後、二階によじ登って窓から入ればいいわけだ」

遠笠は満足げに云った。

「どういうことですか？」

藤堂が訊いてきたので、わたしたちは遠笠の推理を彼女にも説明した。すると藤堂は、すぐさま反論した。

「春井さんに犯行は不可能です」

「感情的になるのもわかるけど」遠笠が冷ややかに云う。「論理的に、彼しかあり得ないんだ」

「感情的にはなっていません。春井さんは鉄柵を使って庭を移動できたはずがないんです」

「ほう、それは何故？」

「遠笠さんの説明に出てきた、別館の鉄柵に近い窓がありますね。あの窓は、はめ殺しになっていて開かないのです。ですから、春井さんに限りませんが、たとえ本館を出入りできたとしても、別館の方は出入りできません。つまり、足跡を残さずに鉄柵まで移動することはできないのです」

遠笠は藤堂の言葉を黙って聞いていた。その沈黙が明らかに戸惑いを示しているようだった。

遠笠はふっと笑みを零すと、肩を竦めた。

「別館の窓をちゃんと調べればよかったな」

結局、犯人はわからずじまいだった。

わたしたちは沈黙して、お互いの顔を盗み見ていた。気まずい時間がゆっくりと流れていった。

第四章

1

　わたしたちは応接間の隣の食堂で、昼食を食べた。本来なら朝に出される予定だった食事を、藤堂と破麻崎の二人が温め直して、テーブルに並べた。遠笠と桜子は、食事に毒が入れられているかもしれないと疑っていたので、食べずに別々に何処かへいってしまった。ペア行動の原則は、彼女たちにはもうどうでもいいらしかった。

　わたしは昼食をあまり食べられずにいた。毒が不安というよりも、食欲自体がなかった。殺人事件直後の食事など、不快なものでしかない。けれど美久月とディはまったく気にする様子もなく食べていた。

　食事を終えて、わたしとディと美久月の三人は、応接間に戻った。春井と三条は、お互いを信用しているという感じではなかったけれど、ペアの原則を守って何処かへいってしまった。家政婦の二人はキッチンで食器を片付けている。カーテンを開けて外を覗いてみる。やはりまだ猛《もう》吹雪のままで、一向に弱まる様子がない。わたしはラジオを手に取って、ソファに座った。

『愛知県名古屋市の女性バラバラ殺人事件は、未だ――されていません。年齢は二十代後半、身長は一六五センチ前後と――。被害者の女性に関して、心当たり――捜査本部のある警察署へ――さい。電話番号は――』

「ノイズがひどいなあ」わたしはアンテナを立てて、あちこちに向けてみた。「吹雪のせいかしら」

「天気予報はやってないの？」

美久月はけだるそうに、わたしを見上げて云った。わたしはスピーカーに耳を当てて、チューニングを回してみた。

『最高気温は一度、最低気温はマイナス八度になります。岩手県内陸部で――大雪警報が出されて――』

「マイナス八度だって」美久月はソファに寝そべって、肩を震わせた。「考えただけでも寒いわ。ねえ、ミーコ。明日帰れるのかしら」

「わかりません」わたしはラジオの電源を切った。「警察がこられないんだから、どうしようもないですよ」

「こういう場合、普通は警察や消防の人たちが必死になって、私たちを救出にきてくれるものじゃないの？　だって私たち、山奥に閉じ込められているのよ。しかも殺人事件まで起きたというのに」

「幾ら嘆いても、雪は止みませんよ」

「ミーコ、今夜こそ一緒に寝ようよ」

「一人で寝てください」

つとディが立ち上がり、応接間を出ていこうとした。わたしと美久月の会話には興味がないという素振りだった。

「ディ、何処にいくの？」

「『創生の箱』を見てきます」

「あ、わたしもいく。一人でうろついていると、怪しまれるよ」わたしはディの傍まで歩いていった。「先輩も一緒にいきましょう」

「疲れる」

「駄目です。単独行動は危険なんです。先輩が犯人に殺されちゃったら、わたしはどうしたらいいんですか。起きてくださいよ」

「やだもん」

「わがまま云わないでください」わたしは美久月の細い腕を取った。「早く、いきましょう」

「痛い痛い」

わたしは美久月をソファから引き摺り下ろして、どうにか立たせると、ディと一緒に応接間を出た。美久月は腕をさすりながら、渋々後をついてきた。彼女は一体いつ頃から、いい加減で面倒くさがりな人間になってしまったのだろう。小さな頃は、大抵の子供がそうであるように、純粋で素直な可愛らしい性格だったのだろうか。いや、意地悪で性格の歪んだ子供だったかもしれない。

わたしたちは玄関ホールに置かれている三つの鎧と、『W』の字の前で立ち止まった。美久月はぼんやりと花崗岩のアルファベットを見上げている。ディはというと、フランス窓を開けて、庭に続くテラスに出ようとしていた。

「ディ、ちょっと」

わたしの制止も聞かずに、ディは吹雪の中に出ていってしまった。わたしはディを追って、雪の中に飛び出した。たちまち激しい雪が、わたしを貫くようにぶつかってくる。わたしはスカートと髪を押さえ、よろめきながら、ディを呼んだ。真っ白で周囲はほとんど何も見えない。

わたしは自分の足跡を頼りに、テラスまで戻り、雪まみれになりながら中に戻った。

「ミーコ、真っ白けね」美久月は口元に手を当ててくすくすと笑った。「ディは?」

「きっと、わたしよりもっと真っ白になって帰ってくると思います」

わたしは閉じた窓越しに、庭を見る。アルファベットだらけの奇妙な庭。猛吹雪の中で、視界に入ったアルファベットは、一番近くにあった『A』だけだった。『A』のすぐ向こうにあるはずの『B』は、ほとんど幻のように、時折雪越しに姿を垣間見せるだけだった。『A』と『B』の間の距離は、一メートル半ほどしかない。他のアルファベットとの間隔も、それほど離れてはいない。

「ディが『D』を担いで戻ってきたら、笑うんだけど」

美久月は期待するような目で、窓の外を見ていた。

しばらくすると、ディはやはり雪で真っ白になって戻ってきた。ほとんど雪だるまのような状態だった。彼は黒いコートを着ていたけれど、その黒い部分はまったく残っていなかった。わたしは雪を払うのを手伝ってあげた。もちろん彼は『D』を担いできたりはしなかった。

「何しにいってたの?」

「アルファベットについて、調べてきました」

「見取り図にアルファベットも書いてあるんだから、わざわざ外にいって調べなくてもいいじゃない」

「実際にどのような形でアルファベットが立てられているのか、見てみたかったのです。どの文字もかなり大きいですね。安定の悪い文字などは、ボルトで地面に固定されているようです。例えば『P』とか『F』とか」

「何かわかったの?」

「見取り図に書かれているアルファベットの配置に、誤りがありました。『P』の位置と『D』の位置が逆になっています」

「どういうこと? 『D』が庭の真ん中辺りにくるの?」

「はい。単に見取り図に誤りがあっただけかもしれませんし、故意に実際とは違う記入がなさ

動させたのかは、謎ですが」


れたのかもしれません」

「誰かが移動させたんじゃない？」

「あり得ますが、少なくともここ数日の間の話ではありませんね。文字は大きくて、とても重たいでしょうから、それなりの重機でもなければ移動させられなかったでしょう。いつ誰が移動させたのかは、謎ですが」

『D』と『P』を交換する。はたして意味があるのだろうか。『D』と『P』。『Detective』と『Police』、ディと警察。交換。ディがいなくなって、代わりに警察が事件を捜査する、という意味だろうか。ディがいなくなっちゃう？

「他のアルファベットについてはどう？」

「見取り図と同じ配置にありました」

「怪しいわ。やっぱり、アルファベットを並べ替えると、宝のありかがわかるようになっているのよ」

美久月は窓に張り付いて、アルファベットの並びを確認しようとしていた。今時、小学生でも宝が隠されているなんてことを云わないと思う。

わたしは窓から離れて、『W』の横に並べられた三つの鎧を眺めた。鉄兜の隙間に穿《うが》たれた穴から、鋭い目がこちらを見つめていそうで怖くなる。鎧の表面は鈍い銀色に輝いていた。

鎧と睨み合っていると、廊下から破麻崎と藤堂が出てきた。彼女たちは一瞬警戒するような表情で立ち止まった。けれども、すぐにもとの顔に戻って、軽く会釈した。

「藤堂さん」ディが彼女を呼び止めた。「お尋ねしたいことがあるのですが」

「はい」

「あなたが『アルファベット荘』を訪れるよりも前に、誰かが屋敷を利用していたような痕跡はありませんでしたか？」

「岩倉さんが時々ご利用されていると思っていましたので、特に不審に感じた点はありませんでした」

「きた時から『創生の箱』は置かれていましたか？」

「はい。ただ、鍵については何も聞かされていませんでした。キーボックスに下げられていた古い鍵が、おそらく箱の鍵なのだろうと思う程度でした」

「最初から、『創生の箱』には鍵がかけられていたのですか？」

「いえ、私は箱には触っていませんので、わかりません」

「あの、ええと、その」破麻崎が横から云い辛そうに声を出した。「ディさん、あの、私、一昨日の夜に、箱を開けてみたんです」

「鍵がかかっていなかったんですか？」

「はい。それで、こっそり開けてみたら、中にこれが」

破麻崎は震える指先を、甲冑の一つに向けた。

「この鎧が『創生の箱』の中に？」

わたしは驚いて尋ねた。

「はい。鎧はバラバラにされて、箱の中に入っていました。私は怖くなってすぐに部屋に戻って閉じこもってしまったのですが、翌日起きて本館にきてみたら、箱の中にあったはずの鎧が平然とここに立っていたんです。再び箱を開けてみようとしても、鍵がかかっていて開きませんでした」

「キーボックスから鍵を持っていって、確かめなかったのですか?」

「ええ。中なんか見たくなかったので」

「奇妙な出来事ですね」ディは小さな声で云った。「藤堂さんは、鎧について何か知りませんか?」

「知りません」

藤堂と破麻崎は寄り添うようにして、応接間の方へ消えていった。わたしたちは二人を見送ってから、再び三つの鎧に向き直った。

「まさか鎧が夜中に動き出して、『創生の箱』の中に自ら入ったわけじゃないよね」

わたしは鎧から数歩離れた。怖いものには近づかないのが信条だ。

「この鎧はマクシミリアン式という西洋甲冑です。重量は三十キロ以上あります。表面に刻まれている溝は、剣や矢の刃先を受け流すためのものです。しかし観賞用に過ぎないので、実用的価値はなさそうです。おそらく着用することもできないのではないでしょうか」

「誰かが鎧をバラバラにして、『創生の箱』の中に入れたのね?」

「おそらく。その人物は僕たちを招待した人間でもあり、岩倉さんの代わりに『アルファベット荘』を管理していた人間です。そしてその人物は、ミノルさんを殺害した犯人に違いありません」

「え？　どうして」

「『創生の箱』の鍵は準備室のキーボックスに入れられていました。準備室は藤堂さんによって、常に鍵をかけられた状態でした。ところが犯人は、犯行において『創生の箱』の鍵を使用しました。ということは、犯人は鍵のかかった準備室に自由に出入りできた人間となります。それは二人だけ。藤堂さんと、マスターキーを持った『アルファベット荘』の管理者。すなわち犯人です。もちろん、藤堂さんが犯人でなければという前提ですが」

「別に鍵を準備室に置いておかず、最初から手元に置いておけばよかったんじゃない？」

「手元に置いておくと、万一怪しまれたとき見つかる可能性があります」

「犯人がわたしたちを招待したのは何故？」

「まだわかりません。しかし犯人は性急に僕たちを抹殺しようとは考えていないようです。時期を見計らって、計画的に殺人を行なっているようですから。もちろん突発的な事態が起これば、犯人が何をするかわかりませんが」

「わたしたちも、殺されちゃう？」

「さあ、どうでしょうか」

　ディは顔色一つ変えずに云った。

2

わたしたちは次に、本館二階の大広間へ向かった。『創生の箱』を調べるためだ。ディはいつもの感情がない凍りついたような顔で、階段を上っている。美久月はわたしの隣で、以前に公演した演劇の台詞を一人でぶつぶつと暗唱していた。

大広間には誰もいなかった。どうやらわたしたち以外の客は、別館へ移動したらしい。カーテンが閉じられていて、薄暗く、陰気だった。『創生の箱』は蓋を閉じられた状態で、中央に置かれていた。窓際に白いシーツをかけられたミノルの死体が横たわっている。大広間全体を寒々しい雰囲気にしているのは、やはり『創生の箱』と死体だった。

「わたし、パス」

わたしは扉口で立ち止まって、中に入るのをやめた。今更だけれど、死体に近づくのが怖かった。ディと美久月はわたしのことなど意に介さない様子で、大広間の中に入っていく。

「蓋の鍵は?」

美久月が『創生の箱』の蓋を撫でながら、ディに尋ねた。

「藤堂さんたちが準備室に戻したはずです」

わたしたちは、さきほど応接間の方に向かった藤堂を追いかけ、準備室においてあった箱の鍵を借り受け取ると、すぐに大広間に戻った。

「さあて、何が出てくるかしら」美久月は腕を組んで云った。「もう一人の私が中に入っていたら面白いな」

面白いというか、迷惑だ。

美久月は鍵を差し込んで、回した。鈍い音がして、錠の外れる音が聞こえた。美久月とディが蓋をスライドさせるように、ずらしていく。わたしは首を伸ばして、『創生の箱』の中を見ようとした。

「何も入っていませんね」

ディは云いながら、蓋の表面や側面を叩いたりさすったりした。もう指紋を残しても構わないと判断したのだろうか。板の継ぎ目などを観察する。彼はポケットに手を入れて、首を振った。

「分解してから組み直したような痕跡はありません」

「パズルや寄木《よせぎ》の秘密箱みたいに、やり方次第では分解できるような箱じゃないの?」

わたしは首を伸ばしたまま、ディに声をかけた。

「考えられなくもないですが、物体の出現に関する伝説とは繋がりがないと思われます」

ディが蓋を閉じ、美久月が鍵をかけた。二人はもう既に、『創生の箱』に興味を失ったようだ。並んでわたしのところに歩いてくる。もう大広間を出るらしい。

大広間を出て、二階ホールでディが立ち止まったので、わたしと美久月も立ち止まった。ディは思案するように、目をテラスに出るフランス窓の方へ向けていた。すると彼は突然、窓を開けた。雪の欠片が風とともに、ものすごい音を立てて吹き込んできた。「寒いっ」

「閉めてっ、閉めてっ」わたしは窓から離れて云った。

ディは云われるままに窓を閉めて、錠を下ろした。

「さっきから窓を開けたり閉めたり。一体どうしたの？」

「テラスに出ようと思ったので」

ディは一言だけ云って、外を窺った。

「あなたって外が好きなの？　何が見えるの？」

「アルファベットです」

二階テラスは一階テラスの真上に当たるので、一番手近にあるアルファベットはやはり『A』ということになる。『A』の文字の上部にある三角形の穴は、すぐ正面にあった。穴だけでも、大人が二人くらい余裕で抜けられそうなほど大きい。大きさはアルファベットによってまちまちだけれど、大体のアルファベットが『A』に劣らない大きさだから、異様とすら云える。それぞれのアルファベットの上には、昨夜からの雪が積もったままになっていた。

「アルファベットを大きい順に並べてみるというのはどうかしら」わたしは指先で唇をなぞりながら云った。「何か意味のある単語ができるかも」

けれど見たところ、大きさを正確に比べることは不可能なようだ。少なくとも、雪が止まなければ調査できない。しかも屋内にあるアルファベットは、どれも似たり寄ったりの大きさだ。あまり違いがない。

「ねえ、これからどうするの？　ディ」

「もう一度警察に電話をしてみます」

わたしたちは一階に下りて、破麻崎を探した。彼女は藤堂と一緒に応接間の掃除をしていた。彼女から携帯電話を受け取って、ディが電話をかける。けれどディはすぐに通話をやめて、ディスプレイ画面を難しげな顔で見つめた。

「電波が届いてないようです」

「場所が悪いのかな」

わたしはディから携帯電話を受け取って、アンテナを伸ばし、ラジオの時と同じようにあちこちに向けてみた。けれど『圏外』の文字がディスプレイから消えることはなかった。

「吹雪のせいで電波障害が起こるの？」

「諦めるしかないですね」

わたしたちは破麻崎に携帯電話を返してから、別館の部屋に戻ることにした。取り敢えず休息が必要だ。

けれど庭を抜けていかなければならない。

「秘密の地下通路でもあったら楽に別館にいけるんですけどね、先輩」

「ミーコ、スケベなこと云わないでよ」

「は？　地下通路の何処が？」

「きゃあ」美久月は耳を塞いだ。「空前絶後のエロスだわ。もう云わないで」

意味がわからない。まあ、いつものことだけれど。とにかく地下通路はなさそうだったので、わたしたちは吹雪の中を、別館まで歩かなければならなかった。美久月は途中で遭難しそうになった。もしもわたしたちがいなければ、彼女は本当に遭難していたと思う。相当寒さが苦手なようだ。

3

わたしは美久月をベッドに寝かせて、毛布で温めてあげた。美久月はぶるぶると身体を小刻みに震わせていた。ヒーターを強めに設定する。

ディは扉の傍の壁に寄りかかるようにして立っていた。

「他の人たちは何してるのかなあ」

わたしは離れ離れになった彼らのことを思い出して、呟いた。桜子や遠笠は一人でも大丈夫なのだろうか。それとも、自分が犯人だから危険はないとわかっていて、単独行動に出たのだろうか。

風の音が強い。風の吹き付ける音を聞くと、何故だか不安な気持ちになる。

突然、女性の悲鳴が聞こえた。

声は別館内から聞こえてきたようだった。ディが素早く反応して、部屋を出ていった。

わたしと美久月は顔を見合わせて、しばらく動けないでいた。誰の悲鳴だろう。別館にいる女性は、わたしたちを除いて、桜子と遠笠しかいない。聞こえた声の響きから考えると、桜子の悲鳴である可能性が高い。

わたしと美久月は連れ立って、ディの後を追った。ディの姿は既になく、二階の方から足音だけが聞こえた。わたしたちは駆け足で階段を上った。

広間の前に三条と春井が立ち尽くしていた。彼らはわたしたちがやってきたのに気づくと、深刻そうな表情で首を振った。

広間から桜子が飛び出してきて、春井に抱きついた。春井は彼女を抱きとめ、いたわるような言葉を投げかけた。取り敢えず桜子は無事なようだ。

「何があったんですか？」

「わかりません」

三条は片手で額の汗を拭って云った。彼はもう片方の手に、脱いだコートを丸めて持っていた。

わたしは彼らの間を抜けて、広間の中を覗いてみた。

グランドピアノの傍に、ディが立っていた。ディの足元には、赤黒い液体が広がっていた。錆びた鉄のような臭いがした。壁や床が血だらけになっている。ソファやテーブルは昨夜のままになっていたが、ところどころ赤い染みに染められていた。

「また誰かが殺されたのよっ」

桜子が悲痛な声を上げた。

わたしは周囲を見回す。遠笠がいない。家政婦の二人は本館にいたから無事として、残るは遠笠一人。

「遠笠さんが被害に遭った？」

「おそらく」

春井は眼鏡を押し上げて云った。桜子は春井にぴったりと抱きついたままだ。

「みなさん、それぞれ単独行動をしていたのですか？」ディが広間から出てきて、尋ねた。「遠笠さんはずっと一人だったかもしれませんが、桜子さん、春井さん、三条さんは、最前までどちらに？」

「僕と春井さんは、別館に戻ってから分かれて、自分の部屋に入りました。もっとも、春井さんがその後何処かに出かけていたとしても、僕にはわかりませんけれどね」

「私も部屋で雑誌を読んでいました。証拠はないですね。アンダーラインを引いた考古学の専門雑誌は、私のアリバイを証言してくれないでしょうし」

「ふんっ」桜子は挑むような目つきでディを見上げた。「あなた、疑ってるのね？　でも私たちを疑うのは間違っているわ、ディさん」

「どういうことでしょうか」

「遠笠さんの死体は何処にいったの？　その答えがわかれば、きっと犯人も見つかると思うのよ」

わたしたちは遠笠を探すために、揃って各部屋を覗いて回った。十分ほどで二階を見回り、もう十分かけて一階を見て回った。遠笠の影すらもなかった。

遠笠の部屋を覗いてみると、散乱した荷物がそのままにされていた。扉に鍵はかかっていない。巨大なバッグが口を開けて、ベッドの横に転がっている。荷物の割に、バッグが大き過ぎる。替えの洋服はクローゼットに下げられていた。

ディは部屋の中に入って、窓の外を覗いた。内側から鍵がかかっている。特に足跡などは残されていないようだった。

「似ている」春井が呟くように云った。「今朝、ミノルさんがいなくなった時と」

「まさか」

わたしは嫌な予感を覚えて、思わず口走っていた。まさか、遠笠の死体まで別館から姿を消したというのだろうか。ミノルの時はどうだっただろう。彼は別館からいなくなったように思われた。けれど、本館の『創生の箱』の中から見つかった。

では、遠笠は？

現在、『創生の箱』は本館にある。

「いや、あり得ない」春井は目を閉じる。「あってはならない」

「確かめるしかありません」

ディが云った。

わたしたちは、早足になりながら、急いで別館を飛び出した。足元には、わたしたちがさっきつけた足跡が残されている。他の足跡はすでに、吹雪でかき消されてしまっていた。

わたしは美久月と一緒に、なるべくみんなから離れないように歩いた。雪に足を取られて、何度も転びそうになる。美久月は吹雪に吹かれて乱れる髪を、鬱陶《うっとう》しそうに払っていた。彼女は春井からコートを借りていたので、さきほどよりは平気なようだった。桜子はコートを着ていなかったので、顔を真っ青にして震えていた。三条はコートを着ずに、手に持ったまま本館へ向かった。

テラスから本館に上がる。わたしたちはディを先頭に、息せき切って階段を上った。『創生の箱』が置かれているのは二階の大広間だ。

扉を蹴飛ばすようにして、大広間になだれ込む。

大広間の中央に『創生の箱』が置かれていた。わたしたちが調べた時のままだ。

ディが一番に近づいて、蓋に手をかけた。鍵がかかっている。

「ああ、そういえば。鍵、私が持ったままだった」

美久月が胸元から鍵を取り出して、ディに渡した。三条と春井が『創生の箱』を取り囲む。

ディは二箇所の穴に鍵を差し込んで、回した。

「開けましょう」

三条は『創生の箱』の蓋に触れて云った。

「手伝います」

春井が三条の向かい側に回った。

ゆっくりと開かれていく。蓋がスライドし、次第に箱の中が見えてくる。

ごとりと、何かが転がるような音が聞こえた。

わたしは絶句して箱の中を見つめた。

黒い塊があった。

生首。

赤く濡れた頬に絡まる黒い髪。目は閉じられていて、まるで眠っているかのようだった。口は薄く開かれている。血の気の失せた、青白い皮膚。額には不気味な色に変色した血管が透けて見えた。

「あり得ない」わたしは自分でも気づかないうちに、呟いていた。「どうして?」

「どうして遠笠さんの頭が、こんなところに」

三条がわたしの言葉を続けるかのように云った。

わたしたちは、ついさっき『創生の箱』の中を確かめたばかりだ。中には何もなかった。ディも美久月も、もちろんわたしも見ている。そして鍵を閉めたのだ。それなのに。

わたしは気分が悪くなって、『創生の箱』から離れた。

切り離された頭部だけが、空間を超えて箱の中に入り込んだとしか思えない。

春井と三条は箱の蓋を閉じた。

破麻崎と藤堂が騒ぎを聞きつけて、階下からやってきた。彼女たちは何が起きたのか、雰囲気でわかったようだった。

4

わたしたちは再び応接間に集まった。いよいよ事態は緊迫したものに変わった。もしかしたらこのまま全員が殺されてしまうかもしれない。わたしは犯人に対する怒りや恨みより、ただ生きて帰ることができるかどうかだけを考えていた。

「別館で、遠笠さんの悲鳴や、何か不審な物音を聞いた人はいませんか？」ディが静かな声で云った。彼の声は風の音に僅かに掻き消された。

「僕は気づきませんでした」三条が云った。「大きな物音がすれば気づかないはずがありません」

「私も、何も聞いていません」

三条に続けて、春井が云った。彼の隣には、桜子が寄り添うように座っている。彼女はいつの間にか、春井の隣に座る権利を得たようだった。テーブルを挟んで向かいに座る藤堂が、さっきから眼光を鋭くさせているのはそのためらしい。

「私だって何も聞いていないわ。広間を調べようと思っていってみたら、床が血だらけになっていたから、怖くてつい悲鳴を上げたの。普段は、あんなことぐらいで悲鳴を上げたりしないんだよ。私は強いんだから」

「最後に遠笠さんを見たのは誰ですか？」

「私、一時頃に見たけど」桜子がわたしたちを見回して云った。「もしかして私が最後？　でも最後に会ったというだけで、別に犯人というわけじゃないからねっ。あのノコギリ女を見たのは、別館に戻った後のことね。彼女は廊下をうろうろしていたわ。私はなるべく顔を合わさないように、自分の部屋に向かった。ノコギリ女はあのいやらしい笑い方で、私のことをにやにやと眺めていたわ」

「彼女は何をしていたようですか？」

「知らない」

桜子はぶるぶると首を振った。ディは腕時計を見る。わたしは横から彼の腕時計を覗き込んだ。五時を回っていた。

「ディさん。今度は逆に、あなた方に幾つか質問してもよいでしょうか？」

春井は真剣な顔つきになって云った。ディは無言で頷いた。考えてみれば、彼らにとってはわたしたちさえも容疑者なのだ。わたしはふと、考えなくてもいいことを考えてしまう。ディが犯人だったら。あるいは美久月が犯人だったら。

「あなた方は、さきほどまでずっと、本館にいたのですか？」

「はい」

「別館に戻ったのが、ついさっきのことですね」

「はい」

「庭に残されている足跡は、あなた方三人のものでした。三人揃って、別館に？」

「はい」

「では、最後の質問です。あなた方三人の中で、靴のサイズが一番小さい人は？」

「わ、わたしだと思いますけど」

「橘さんですね。わかりました」春井は納得したように、大きく頷いた。「犯人はあなたですね、橘未衣子さん」

「えっ？　えっ？」わたしはわけもわからず、春井をじっと見返した。「わたしが犯人？　ちょっと待ってくださいよ」

「単純な論理の問題です。『創生の箱』は本館の大広間にあり、遠笠さんは別館にいました。別館内で、生きている遠笠さんが目撃されています。ということは、遠笠さんは別館で殺害され、後に本館へ運ばれたと考えるのが普通ですね。そして切り離された頭部は、『創生の箱』の中から発見されました。鍵を持っていたのは、あなた方です。『創生の箱』が空っぽだったと証言しているのはあなたたちだけで、我々は確認していません。『創生の箱』に頭部を入れるチャンスがあったのは、あなた方だけということです」

「でもっ、どうしてわたしが犯人なんですか」

わたしは哀しい気分になった。よりによってわたしが犯人扱いされるなんて。

「足跡の問題です。庭に残されていたのは、あなた方三人分の足跡だけでした。あなた方の証言に従えば、本館から別館に移動したのは、広間で血痕が発見される直前ということでしたね。まあしかし、まったくの嘘ではないにしろ、すべてを信用できるとは云い難い証言です。あなた方はわざと足跡を残すことで、いかにも三人揃って本館から別館に移動したと、我々に印象づけたのです。実際に足跡を残したのは、橘さん一人だったんです」

「どういうことですか？」

「この吹雪では、およそ二、三時間で足跡は消えてしまうでしょう。そのことを計算したうえで、美久月さんとディさんは、数時間前のうちに別館の自室に戻っていたのです。遠笠さんを殺害したのも、美久月さんかディさんでしょう」

「でも、さっきはわたしが犯人だって云っていませんでした？」

「不可能犯罪に見せかけた犯人があなたという意味です。橘さんだけは本館に残っていました。一方美久月さんたちは別館で遠笠さんの首を切り取っている最中です。橘さんは頃合を見計らって、まずは自分の靴のまま、別館に向かいました。そこで遠笠さんの頭部を受け取ります。次に、美久月さんとディさんの靴を借ります。まずは美久月さんの靴を履いて、後ろ向きに本館へ戻ります。本館へ戻ったら、『創生の箱』の中に遠笠さんの頭部を入れ、鍵をかけます。そして最後に、ディさんの靴を履いて別館に戻る。こうすることで、一見不可能犯罪に見える現象を作り出すことができたのです。靴のサイズが一番小さい人でなければ、履きかえることができなかったでしょう」

春井の言葉に従えば、わたしたちは犯人当確だった。わたしは何も云い返せなかった。

「うん。なるほど」

美久月は感心したように頷いた。

「先輩っ、何を感心しているんですか。犯人にされちゃったんですよ」

「あら可愛い。ミーコったら、焦っているわ」

「悠長にしている場合じゃないですよ。ああ、もう。先輩には頼りません。ディ、何とか云って」

「僕ではなく、破麻崎さんたちが僕らの無罪を証言してくれるでしょう」

「ええと、あの」破麻崎はもじもじと身体を揺すって云った。「私たちが本館で『創生の箱』の鍵を橘さんたちにお渡ししたのは、騒ぎの起きる一時間ほど前でした。そのときお三人はご一緒でした」

実に素晴らしい証言だった。わたしは破麻崎のことが急に大好きになった。彼女がわたしたちの姿を騒ぎの一時間前に本館で見ているということは、立派な不在証明になる。

「オーケー、わかりました」春井は臆《おく》する様子もなく云った。「実際のところ、別に橘さんたちが犯人だろうと犯人ではなかろうと、私にとってはどうでもいいことです。私の手元にある情報から論理的に導いた結果があなた方だったというだけのことです。もしも気を悪くされたなら、謝ります。すみませんでした」

わたしは釈然としない気持ちで、頭を下げる春井を見ていた。彼は優しいのか淡白なのか、まるでわからない。どちらかといえば、丁寧な優しさと突き放すような冷たさが同時に混在しているような印象だ。

「しかしですねえ、庭に足跡がなかったとしたら、遠笠さんの頭はいつ『創生の箱』に入れられたというのでしょうか」

三条が考え込むような仕種で云った。

「閃いたわ。とうとうわかった」桜子が突然云った。「犯人はやはり、橘さんよ」

「またわたしですか」わたしは重い気分で云った。「足跡の問題はどう解決するのですか?」

「簡単よ。ちょっと視点を変えればすぐにわかることなの。私たちときたら、いつまでも地面に足跡を探してさ。馬鹿みたいだったわ。ねえ、幾ら地面を探してもないはずだわ。だって犯人の足跡は、建物の屋根の上にあったんだもの」

「屋根の上?」

三条が怪訝《けげん》そうに尋ねる。

「そうよ。私たちは、本館と別館が離れ離れになっていると勘違いしているわ。けれど実際には、二つの建物は直角を描く形で接しているのよ。犯人は窓から屋根の上に上がって、本館と別館が繋がっている位置を通って移動したんだわ。本館の二階の窓が施錠されなかったのはそのためよ。移動ルートの確保のために、戸締りされては困るからね」

「あっ、本当だ」わたしは感心した。「って、どうしてわたしが犯人になるんですか。屋根の道を使えば、誰だって犯人になり得るじゃないですか」

「何となく」

「何となくでわたしを人殺し扱いしないでくださいっ」

「あ、怒った。やっぱり図星なんだ」

「怒ってませんっ」

「まあまあ」三条がわたしたちを制した。「しかし本当に屋根の上なんか通れるものですかねえ。当然屋根は傾斜していますし、雪が積もっていて滑りやすかったのではないでしょうか。遠笠さん殺害の場合はともかく、ミノルさん殺害の時には、犯人は死体と箱を運搬しているのですよ。そんな大荷物を抱えて、足場の悪い屋根を横断できたでしょうか？」

「できたのよ。きっとできた」

「本館にはテラスがあるからよいとしても、別館からどうやって屋根の上に上がるのですか？」春井が尋ねた。「現実的に無理がありますね」

「ああん、春井さんまでそんなこと云う」桜子は甘えたような声になった。「でも春井さんが云うなら、きっと無理なんだわ。ごろにゃーご」

「ごろにゃーご？」

「うるさいわね」桜子はわたしを睨んだ。「犯人のくせに」

「違いますって」

「屋根の上を確かめてくれれば、話は早いと思いますけど」

　藤堂がぽつりと云った。早速三条と春井が一緒に応接間を出ていった。後から桜子が彼らを追った。すぐに彼らは戻ってきて、足跡など何処にもなかったことを報告した。もしもわたしが犯人だとしたら、時間的に足跡が残っていなければならない。よってわたしは無罪。彼らはわざわざテラスに出て、手摺りに足をかけて、屋根の上を覗いてみたらしい。そもそも屋根の傾斜の具合からみて、移動することは不可能ということだった。

「さっきから気になっていたんだけど」桜子はソファに座り直した。「ノコギリ女が一体どんな殺され方をしたのか、まだわからないけれど、頭が見つかったんだから死んだことは確実だわ。多分死んでるでしょ。でも、彼女の胴体は一体何処にいったの？　別館にもなかったし、本館にもないみたい。『創生の箱』の中には頭だけで、胴体はなかった」

「う。そういえば」わたしは嫌なことを思い出した。「ラジオで何度か聞いたのですが、何処かの県でバラバラ殺人があったらしくて、犯人はまだ逃亡中なんだそうです」

「私たちの中に、バラバラ殺人の犯人がいて、切り離した胴体を弄んでいるとでも？」

春井が険しい目つきで云った。わたしは自分の想像に身震いして、わかりません、とだけ云った。

「ねえ、そこの真っ黒なお兄さん」桜子はディを見て云った。「あなた、不可能犯罪専門の探偵なんでしょう？　ちゃんと考えてるの？　本当に解決できるんでしょうね」

「ええ。僕が関係したからには、事件は終わります」

ディは目の色一つ変えずに、抑揚もない声で静かに云った。彼は探偵として自信に満ちた発言をしたわけでもなく、また見栄《みえ》を張ったわけでもなく、率直に事実を述べたまでだった。彼が関係したからには事件は終わる。おそらく、彼の云う通りになるだろう。

5

春井と桜子は一緒に応接間を出ていった。二つの事件を調査するためだという。三条は一人で何処かへいってしまった。藤堂と破麻崎は夕食の準備をするために、キッチンへ向かった。ディとわたしと美久月が応接間に残った。

「ロープを使うというのはどうかしら」わたしは思いついて云った。「例えば、別館の広間にあったグランドピアノの脚にロープの片端を結びつけて、もう片方は本館の大広間のドアノブに結びつける。犯人はロープを伝って移動するの」

「ドアノブは無理ですね」

「じゃあ、庭にあるアルファベットのどれかを利用するのはどう?」

「アルファベットは雪を被っていたままでしたし、それに誰がいつロープを張ったのですか?」

ディはわたしの方を見向きもせずに尋ねた。

「犯人が予め張っておいたのよ」

「ミノルさんが殺害された件においては、少なくとも午前一時の時点でロープなど張ってありませんでした。僕が広間にいたので、犯人もロープを張る余裕などなかったでしょう。仮に僕がいなくなってから張るにしても、両端を何処かに結びつけるなら、やはり二つの建物を移動する必要があります」

「ああ、そうか。それなら藤堂さんが共犯者で、犯人は別館の窓から藤堂さんのいる本館の窓にめがけて、ロープの片端を投げた、というのはどう？」

「仮にロープを張ることができたとして、死体や『創生の箱』をどうやって移動させるのですか？」

「意地悪な質問しないでよ、ディ」

「いえ、確かに藤堂さんが共犯者ならば、『創生の箱』の中に生首が出現した謎も解けるかもしれません。別館で首を切り取った犯人が、本館にいる藤堂さんへ生首を投げて渡すのです」

「に、人間の頭はボールじゃないのよ」

わたしはディの発想が怖くなって云った。

「ただしこの場合、藤堂さんは『創生の箱』のスペアキーを持っていなければなりません。蓋を開けるための鍵は、彼女から借りてからずっと、我々が持っていましたから」

「ということは、藤堂さんは関係ないのかしら」

「可能性としては低いでしょう。館内のマスターキーはともかく、『創生の箱』のスペアキーの存在が疑わしいので」

「残された頭部から、死亡推定時刻を絞ることはできないの？」

「難しいですね」

「現場にあれだけ血が飛び散っていたら、犯人は返り血を浴びているんじゃない？」

「返り血を浴びない傷つけ方というのは、いろいろあります。例えば被害者の背後に回って、胸を刺せばせいぜい手元に血がかかるだけで済みます」

「じゃあ手が血で汚れている人が犯人ね？」

「いえ、もう洗い落としているでしょう」

「ああ、もう。わからない。一体誰が犯人なの？」

わたしは声を上げて、天を仰いだ。

「馬鹿ね」

美久月がわたしを横目に見て云った。

「馬鹿って云わないでください」

「落ち着いて考えればわかることじゃない」

「わかりませんよ。先輩は犯人が誰かわかっているんですか？」

「うん」

「誰ですか？」

「ミーコ」

「うわん」わたしはディに泣きついた。「先輩がいじめる」

「未衣子さんは犯人ではありません。僕と一緒にいたので、アリバイがあります」

ディはごく普通に、わたしの無実を主張した。わたしは嬉しいような哀しいような、複雑な気分になった。

「やっぱり、『創生の箱』の呪いなのかなあ」

「呪いなどあり得ません」

「でも、『創生の箱』の鍵はわたしたちがずっと持っていたわけだし、わたしたち以外に、誰も遠笠さんの頭部を箱の中に入れられないじゃない。どう考えても、伝説通りに物体が出現したとしか考えられないわ」

「馬鹿ね」

「馬鹿って云わないでください」

「ミーコ、さっきまで『創生の箱』の鍵を持っていたのは誰？」

「最初はディで、一度開けて中身を見た後は、先輩が持っていましたよね」

「ということは？」

「まさか」

先輩とディが犯人。

いや、ない。それだけはない。

「ミーコっ」

美久月は突然わたしに襲いかかってきた。

わたしは肩を摑まれ、ソファの上に押し倒される。足をばたつかせて抵抗した。

「あなたには死んでもらわなきゃならないわ」

「せ、先輩っ。やめてくださいっ」

「大人しくなさいっ」

美久月はわたしの腕を押さえて、身動きできないようにした。

「ディっ、助けてっ」

ディはちらりとわたしを見て、すぐに関心がなさそうに視線を逸らした。

「真っ裸にしてやる」

「降参っ、降参っ」

突然、応接間の扉が開かれて、藤堂と破麻崎が入ってきた。わたしと美久月がソファで暴れているのを見て、彼女たちは何とも形容し難い表情に変わった。

「不謹慎だと思います」

藤堂が一言、云った。

「はい」

わたしと美久月はソファに座り直して、何事もなかったかのように姿勢を正した。正面ではディがわたしたちを見ていた。彼は足を組んで、考え事をしている。彼がどんなことを考えているのか、わたしにはわからない。

破麻崎と藤堂はテーブルの上を拭いて、すぐに出ていってしまった。

「先輩が悪いんですよ」

「ミーコが私を犯人扱いするからじゃない」

「してませんよ」

人間が死んだ。生首だって箱の中から出てきた。それなのに、わたしたちときたらまるで修学旅行の女子高生だ。いや、美久月がいけないんだ。わたしは悪くない。真面目に犯人を探し当てようとしているのに。

「ディも黙って見てないで、先輩を止めてくれればよかったのに」

わたしが云うと、ディは無愛想な顔でわたしを見返した。

「ディ」美久月がディに顔を寄せた。「あなたはもう、犯人がわかっているんでしょう?」

「はい」

「本当なの? ディ」

わたしはディの瞳をじっと見つめた。深くて黒い瞳だった。

「はい」

「撫で撫でしてあげる」美久月はディの頭に手を置いた。「わからないことは?」

「犯人の動機がわかりませんね」ディは美久月の手から逃れるように、頭の位置をずらした。

「仮に動機というものがあるとしたら、ですが」

「動機なんてどうでもいいわ」

美久月は笑いながら云った。

「ねえ、ディ。どうして今まで黙っていたのよ。早く事件なんて解決して、犯人を縛りつけようよ」

「未衣子さん。僕は解決など望まないのです」

「でも」

わたしはソファから立ち上がった。けれども立ち上がったところでどうしようもなかった。わたしにはディの考えていることがわからない。

「みんなが望んでいるわ。事件が終わることを」

「犯人以外は、ですね」

「ええ」

「事件が終わる時、僕はいつも喪失感に囚われます。多分、僕が事件を解決する能力以外、何も持たないからでしょう。事件がなければ、僕は存在しないのと同じ。僕は事件が起きる度に何かを得られたような気分になりますが、それを摑んだ瞬間に僕自身を消滅させているのです。僕にとって事件はちょっとした魔法で、僕は魔法にかけられている間だけ人間でいられる気がするのです。魔法が解ければただの霧になってしまう」

「そんなことはないわ。事件がなくても、わたしたちといつも喋っているじゃない」

「喋ることはできても、僕は僕としての何かを失っています」

わたしは初めてディの葛藤《かっとう》を見たような気がした。彼はいつも超然としているけれど、実際のところは繊細な精神しか持ち合わせていないのかもしれない。

「ドイツで起きたという『創生の箱』のバラバラ殺人については、どう思う?」

美久月が尋ねた。

「話を聞いた時点で真相がわかりました」

「やっぱりね」

「ちょ、ちょっと。二人とも、何の話をしているんですか。ドイツの事件が、今回の事件と関係あるのですか？」

「同じ『創生の箱』が登場するんだから、関係があるに決まっているじゃない。もっとも、トリック自体は同一ではないけれど」

「もしかして、先輩も謎が解けたのですか？」

「謎？　何が謎なの？」

美久月は乱れた髪を手櫛で直しながら、首を傾げた。

「死体が突然現れることとか、ミノルさんが殺された時の不可能状況とか」

「だから、それの何処が謎なの？」

「だって、どうやって犯人が『創生の箱』の中に死体を出現させたかわからないじゃないですか」

「何だ」美久月は呆れたように肩を竦めた。「ミーコがどんなすごい謎を見つけたのかと期待しちゃったわ。あなたって、まだそんなことで悩んでいたのね。馬鹿ね」

「馬鹿って云わないでください」

美久月はディ同様、事件をすっかり解決してしまっている。

わたしにとっては、むしろ美久月の存在が最大の謎だった。彼女と知り合ってから長い月日が経つけれど、わたしは彼女のことをまったくもって摑みきれていない。

「警察がくる前に終わらせてしまうことにしましょう。これ以上被害者を出すのは本望ではありません」

ディは黒いコートの裾をはためかせて、部屋を横切る。わたしも立ち上がって、ディの後を追った。ところが美久月はやはり、立ち上がることすら面倒くさがって、黙ってわたしに手を引かれるのを待っているのだった。

6

わたしたちは『創生の箱』が置かれている二階の大広間へ向かった。わたしたちが『アルファベット荘』を訪れた時、『創生の箱』は別館二階の広間に置かれていた。ところが今朝になると、『創生の箱』は別館から消え失せ、庭に何ら痕跡も残さず本館二階の大広間へと移動していた。しかも中にはミノルの死体入りで。そして『創生の箱』の中に出現したのは、ミノルの死体だけではない。遠笠の生首。確かに空っぽだったはずの箱の中に、生首は出現した。

ディが大広間の扉を開けた。昨夜のパーティの余韻はまったく残されていない。クロスの外された丸テーブルが、薄暗い部屋の中でぼんやりと浮いているように見えた。

『創生の箱』の傍に、寄り添うようにして春井と桜子が立っていた。元恋人のミノルの死体がすぐ横に寝ているというのに、二人の距離はまったくゼロに等しかった。節操のない女性だ。わたしはちょっとだけ腹立たしい気分になった。

けれどよく見ると、桜子は泣いていた。春井が彼女をなだめるように、声をかけていた。わたしには、桜子がまだ幼い少女のように見えた。

「皆さんお揃いですね」春井が振り返って云った。「『創生の箱』を調べにきたのですか?」

「ええ、まあ」無言のディの代わりに、わたしが云った。「あの、お邪魔でしたでしょうか」

「お気になさらず」

春井は右肩だけを僅かに竦めた。彼は眼鏡を外して、シャツの胸ポケットにかけていた。とても理知的な目だった。

「たった一日の間に、沢山のことがありました」春井は穏やかな声で云った。「でも、もう終わる。そうでしょう?」

「ええ」ディはコートのポケットに手を入れたまま、そっけなく答えた。「終わりです」

「桜子さん、もう泣く必要はないですよ」

春井は桜子から身体を離して云った。桜子は濡れた頬を袖で拭きながら、春井を見上げた。何度か瞬《まばた》きをする。

「何見てんのよ」桜子はいきなりわたしを睨みつけた。「どうせ、嘘泣きだと思ってるんでしょ」

「そんな、別にわたし」

「ふんっ」

桜子は鼻を鳴らして、窓の方へ一人で歩いていった。

「皆さんはここに残っていてください」ディは云った。「残りの破麻崎さんたちを、呼んできます」

「一人で大丈夫?」

「心配ありません」

事件は終わる。ディがそう云ったからには、終わるのだ。

第五章

1

　わたしたちは全員大広間に集まっていた。春井は壁際に立って、腕を組んでいる。彼の隣に三条がいた。少し離れた窓の前に、桜子が不機嫌そうな表情で俯いている。破麻崎と藤堂の家政婦二人は、扉の傍で背筋を伸ばして立っていた。

　美久月はわたしのすぐ隣で、退屈そうな顔をしている。彼女は緩慢な動作で床に屈み込み、突然腹ばいになって寝転がった。肘で顎を支え、にっこりと笑う。

「さて、皆さん」美久月は寝たままの姿勢で云った。「これから事件の謎を解明していきたいと思います」

「先輩」わたしは美久月を引っ張り起こした。「先輩は黙っていてください。さあ、ディ。あなたから話して」

「わかりました」

　ディは『創生の箱』の横に立っていた。片手を蓋の上に置いている。

「まずは昔話から始めましょうか。春井さんが話していたドイツのバラバラ殺人事件です。春井さんの話では、西ドイツで行なわれたあるパーティの席上に、『創生の箱』が置かれたといいます。そもそもパーティが『創生の箱』のための記念パーティでした。パーティの間、『創生の箱』に興味を持った新聞記者が、所有者であるジークベルト教授にお願いをしました。箱の中を見せてくれないか、と。ジークベルト教授は了承し、箱の蓋を外しました。中には何も入っていませんでした。空であることが確認されると、蓋は閉じられ、鍵をかけられました。パーティの間中、『創生の箱』は会場の中央に置かれ、常に客たちの視界の中にありました。いかなる人間の手によっても、箱の中に死体を入れるチャンスなどなかったでしょう。けれども、次に新聞記者が蓋を開けるように催促した時、悲劇が起こりました。箱の中にバラバラ死体が入っていたのです」

「死体は教授の友人だったそうです。教授との間には金銭トラブルがあったと云われています」

春井が補足した。

「まるで『創生の箱』の伝説がそのまま起きたかのような事件ですね。この事件がはたして過去に実際起こったことなのかどうかは、今の状況では調べられませんので、春井さんの話を全面的に信じたうえで話を進めていくことになります。犯人は何故『創生の箱』の中に死体を入れたのか。もちろん、犯人は殺害時のアリバイを確保する代わりに、自分には死体を箱に入れることができなかったと公衆の面前で演じ、不可能性を提示することで容疑を免れようとしたのですね。『創生の箱』の中に死体を入れられなければ犯人であるはずがないと考え、行動したのです。そして犯人の計画は成功しました。誰もが死体出現の怪奇に戸惑ったはずです。今現在もなお、事件の真相は解明されていないのでしょう」

「ねえ、その何とかって教授の事件を解決してどうするのよ。解決しなければならないのは、『アルファベット荘』で起きた事件じゃないの？」

桜子が口を挟んだ。

「重要なのは、『創生の箱』が見せた不思議な現象を解明することです。ドイツで起きた事件では、衆人環視の中で死体が出現しました。不可能状況を生み出したという点では、昨夜から今日にかけて起きた事件と、近似したものがあります。しかしいずれの事件も、『創生の箱』が殺害犯であるはずはなく、人間の手によるものだったに違いありません。ですから『創生の箱』の謎を解いていくことで、事件の不可能性や恐怖を無効にしてしまおうという試みです」

「ふん、わかったわよ。で、ドイツの事件の犯人は誰だったの？」

「犯人はおそらくジークベルト教授です。彼が友人を殺害し、箱の中に入れたのでしょう」

「みんなが見ている前で、一体どうやって箱の中にバラバラ死体を入れたの？」

「簡単なことです」ディは『創生の箱』の蓋を軽く叩いた。「未衣子さん。現在この箱の中には何が入っていると思いますか？」

「ええと」

ついさっき、『創生の箱』の中から見つかった生首を、ディと春井がシーツに包んで取り除いた。見るからに気味の悪い作業だった。わたしは遠くから彼らの作業を眺めていた。生首はミノルの死体の隣に置かれている。ということは現在、中身は空っぽのはずだ。

「何も入っていないはずよ」

「はたして、そうでしょうか」

ディは突然、拳を振り下ろして、『創生の箱』の蓋を叩きつけた。鈍い音が大広間の静寂を破った。桜子や破麻崎が驚いて肩を震わせた。

「『創生の箱』は出現のみに限定された不思議な箱です。もしもこれが本当に魔法や呪いによる奇跡だというのなら、箱は出現と同時に消失も可能でなければならないと思います。しかし中のものを消失させることはできません。つまりこのことは、人為的に何らかの方法で物体を出現させる方法だけがあることを示しています。では、開けてみましょう」

ディは蓋をスライドさせる。

照明が箱の中に射し込んでいく。

箱の中にはわたしの財布が入っていた。黒い革製の財布で、レンタルビデオ店の会員カードと近くのＣＤショップのサービスカードと紙幣が五枚ばかり入っているだけの安っぽい財布だ。紛れもなくわたしの財布。

「ええっ？」

わたしは自分のコートのポケットを探る。ない。

「どうぞ」

ディが箱の中から財布を拾い上げて、わたしに手渡した。わたしは首を捻りながら受け取った。バラバラ死体やら生首やらが入れられていた箱の中に、唐突に出現した財布。受け取るのがちょっと躊躇《ためら》われた。

「どういうことなの？」

「未衣子さんは、さっき箱の中を確かめましたか？」

「いいえ」

「私がさっき見た時は、箱の底には何もなかった」

春井が云った。彼はディと一緒に『創生の箱』の中から、頭部を取り出したのだ。彼なら『創生の箱』が空っぽだったことを知っている。

「しかし春井さんは、きちんとすべてを調べたわけではありませんでした。『創生の箱』には死角があるのです」

「死角？」

「蓋の裏側です。財布は『創生の箱』の蓋の裏側に、両面テープで貼り付けておきました。財布はここにくるまえに、美久月さんが未衣子さんのコートから盗んできたものです。テープもさきほど、皆さんを呼びにいった時に用意しました」

「ちょっと、盗んだんじゃないわ。借りたのよ」

美久月が反論する。けれどわたしの気づかない間に盗ったことは間違いない。

「蓋を強く叩いた時、テープが剝がれて、財布が中に落ちました。蓋を開けると、突然財布が現れたかのように見えます。これで古くから伝えられる魔術を再現できました」

「そんな簡単なことだったの？」

手品のタネは概して簡単なものが多いけれど、何百年も人々を誤魔化してきたトリックが、蓋の裏の死角を利用しただけのものだったなんて。

春井が話していたソ連の研究者たちは、よっぽど頭の悪い連中なのだろうか。それとも、ソ連政府が研究に乗り出したという話自体、ただの噂話に過ぎなかったのだろうか。

「蓋の裏は物理的な死角ですが、また心理的な死角でもありました。『創生の箱』の蓋には蝶番がついていません。スライドさせて開けるしかないのですが、その際に蓋の裏側は完全な死角になります。この大きさですから、わざわざ取り外して裏側を確認するような人も普通はいません。蓋はやけに大きく、内側に深く作り込まれています。この余分なスペースに様々なものを隠しておくことができるというわけです。一般的に、蓋に物体を収納するということはあり得ませんね。この常識が心理的な盲点になっているのです」

「まさか、西ドイツで起きた事件は」

春井は驚愕《きょうがく》の表情で云った。

「ええ、未衣子さんの財布が出現したのと同じ要領です。つまり、死体はパーティの最中に入れられたのではなく、事前に入れられていたということです。パーティが始まる直前、客たちが箱の中を確かめた時既に、蓋の裏に収められていたのです。死体がバラバラにされたのも、巧い具合に蓋の裏のスペースに収めるためだったと考えられます。細かく切断しないと、蓋の裏には収まりきらなかったのでしょう」

「たったそれだけのために、人の身体をバラバラにするなんて」

わたしは信じられないという思いで呟いた。

「大抵の犯人にとっては、『たったそれだけのこと』がひどく重要で大切なことなのです」

「でも、どうやってバラバラにした死体を蓋の裏側に貼り付けておくのですか？　両面テープではさすがに無理でしょう」

三条が落ち着いた声で尋ねた。

「氷を利用したのです。まず、蓋を引っ繰り返して容器に見立てます。バラバラにした死体を容器に入れ、水を注ぎます。血液と水は性質上混じりませんが、混濁させることはできたでしょう。あとは外気で凍らせればいいだけです。水は凍ると体積が増えて膨張するので、蓋をもとに戻しても圧力によって死体は落下しません。これをなるべく寒い場所に置いておき、パーティが始まると同時に運ぶのです。西ドイツの冬の平均気温は大体零度くらいだったと思います。テラスに置くなどして、なるべく氷が溶けないように保管しておいたのでしょう」

「氷が溶ければ、自動的に箱の中に死体が現れるというわけね」

わたしは気づいて云った。

「はい。だから犯人は箱に近づいて蓋を叩くような真似をしなくとも、自動的に死体を出現させることができたのです。おそらくパーティのあった部屋の室温は、氷を溶かすためにいつもより高く設定されていたと思います。溶けた水は、血液と混じり合っているので区別がつかなかったでしょう」

「警察は蓋の裏側を調べなかったの？」

「当然調べたと思います。蓋の裏には血液も付着していたでしょう。しかし発見時の混乱のせいで蓋の裏に血液が付着しただけと考えたようですね。実際に、そのように証言した人もいたのではないでしょうか。死体を見つけたショックで蓋を箱の中に落としてしまった、と。だとすれば血液が付着していてもおかしくない状況ですね」

「死体は財布よりも重いし、大きい」春井が云った。「氷が溶けて箱の中に落ちる際に、大きな音がするんじゃないですか？」

「ええ。きっと、ゴトゴトと不審な音が聞こえることでしょうね。けれどもパーティ会場に少し音量の大きめの音楽をかけるなどして、誤魔化すことができたのではないでしょうか」

「なるほど」

春井は納得したように、腕を組んで頷いた。

「皆さん、おわかりでしょうか。『創生の箱』にバラバラ死体が出現した事件は、トリックに過ぎなかったのです。もっともこの事件は十五年以上も前のことらしいですから、詳細については明言できません。けれど『創生の箱』がただの箱でしかないということに、少しでも気づいてもらえたでしょうか」

2

「では本題に入りましょう」ディは『創生の箱』から離れた。「ミノルさんと遠笠さんの事件についてです。事件の起きた順番では、ミノルさん殺害の方が先でしたが、ここでは順序を入れ替えて、遠笠さんの事件から先に説明したいと思います。何故なら、遠笠さんの事件の方が、明確に犯人を特定することができるからです。遠笠さんが最後に目撃されたのは、午後一時頃、別館においてのことでした。目撃者は桜子さん。間違いありませんね？」

「う、うん」

「別館の広間において、彼女の血痕が発見されたのは四時頃。第一発見者は桜子さんでした」

「な、何よ。私を疑ってるの？」

「いいえ。時間に誤りはないですね？」

「うん」

「一時から四時までの間、別館にいた人は春井さんと三条さん、桜子さんの三人です。遠笠さんを含めて四人。一方、僕らは本館にいました。僕、未衣子さん、美久月さん、破麻崎さん、藤堂さん。僕らは別館に戻る一時間ほど前に、本館一階の大広間に置きっ放しにされていた『創生の箱』を調べています。この時点で中は空っぽでした。もちろん僕は既に蓋の裏の利用法に気づいていたので、手探りで裏には何もないことを確認しておきました。箱の中は完全に空でした。僕らはそれから別館に戻りました。そこで、桜子さんの悲鳴を聞きました。僕らが別館に戻る際、庭に足跡は残されていませんでした」ディは軽く瞼を閉じてから、話し続ける。「以上のことなどから考えても、遠笠さんの頭部が出現するまでの時間的な余裕は、僅か一時間ほどしかないのです。おまけに、蓋を開けるための鍵は、僕らが持っていました。おそらく犯人は、『アルファベット荘』のマスターキーを所有していると思われますが、『創生の箱』の鍵のスペアを持っているとは考えられません。鍵は古くて複製が難しいと、春井さんが云っていました」

「さっきから、春井さんの情報ばかり元にしているように感じるのですが。もしも彼が嘘をついていたとしたら？」

三条が尋ねた。

「推論を進めていけば、春井さんの情報が嘘ではないことがわかります。仮に『創生の箱』を開けるための鍵が他にないとすれば、犯人はいつどうやって遠笠さんの頭部を箱の中に入れたのでしょうか」

「針金とか、開錠用の器具とか使えば、開くんじゃないの？」

桜子は『創生の箱』に近づいて、鍵穴を覗き込んだ。

「不可能ではないと思いますね。ただし、時間がかかるかもしれませんし、もしかすると開かないかもしれない」

「やっぱり無理よ」わたしは云った。「犯人はどうやっても遠笠さんの生首を箱の中に入れることができないわ。足跡の問題もあるし、鍵の問題もある。それに、何故『創生の箱』の中に生首を入れなければならなかったのか、全然わからないわ」

「『創生の箱』の中に生首を入れた理由は明白です。アリバイ確保のためでしょう。『創生の箱』に生首を入れることができない人間は、犯人ではない。これは前述の西ドイツの事件と同様ですね」

「じれったいなあ。どうやって生首を箱の中に入れたのか、早く教えてよ」

桜子は頭を掻きながら、ディを見た。

「犯人はいつ生首を入れたのか。犯人はどうやって『創生の箱』を開けたのか。犯人は足跡を残さずいかにして別館と本館をいききしたのか。これら三つの問題を一度に解決できるトリックがあります。犯人は僕らの目の前で、堂々とトリックを弄《ろう》してみせたのです。犯人はまず、別館で遠笠さんを殺害し、首を切り取りました。殺害現場は広間だったかもしれませんが、切断現場は遠笠さんの部屋のシャワールームだったでしょう。さすがに人の目につきやすい広間で切断に時間をかけたとは考えられませんからね。自分の部屋のシャワールームを使わなかったのは、痕跡が残ることを恐れたためです。四時頃、桜子さんが現場を発見しました。犯人にとってこの時刻が計画通りだったのかどうかは定かではありませんが、遅きにしろ早きにしろ、トリックに支障が生じる問題ではなかったと思われます。血の現場を目の当たりにした僕らは、死体が消えているという事態に当惑しました。おそらく誰もが、朝のミノルさんの事件を思い出し、『創生の箱』の中に死体が入れられているだろうと想像したに違いありません。そして僕らは、本館に向かいました。その際、犯人は僕らと一緒に行動していました」

やはり犯人は別館にいた誰かだったのだ。春井、桜子、三条。三人のうち、誰か。

「ねえ、生首はどうしたのよ。犯人はいつ箱の中に入れたの?」

桜子がディを促すように云った。

「この時点ではまだ、遠笠さんの生首は『創生の箱』の中に入れられていませんでした。では犯人はいつ、生首を持って移動したのでしょう。もうおわかりですね。犯人は僕らと一緒に本館へ向かう際、遠笠さんの生首を隠し持って行動していたのです」

「待ってよ」わたしは眉をひそめた。「生首を隠し持っていた、ってどういうこと？」

「犯人は自分のコートに生首を隠していたのです。彼はコートを着ずに、何故か手に持っていました。吹雪なのに何故コートを着ないのか、僕は疑問に思っていました。考えればわかることです。生首をコートに包んで、隠し持っていたからです」

「嘘っ」

わたしは当時の状況を思い出す。

一体誰がコートを着ずに手で持っていただろう。

「本館に到着し、僕らは『創生の箱』が置かれている大広間、つまりこの部屋に駆け込みました。僕が『創生の箱』の鍵を開けましたね。続いて蓋を開けたのは、三条さんと春井さんでした。その際、三条さんはコートを手に丸めて持っていました。そして蓋を開けます。ごとり、と鈍い音がしました。中を見てみると、遠笠さんの頭部が入っていました」

「ああ」

わたしはやっと気づいた。

蓋を開けると同時に、生首が入れられたのだ。

「三条さんは蓋を開けるふりをして、遠笠さんの頭部を中に入れたのです。僕らの目に触れないように、頭部を箱の中に入れる方法は簡単です。蓋の深さを利用すればいいのです。スライドさせた蓋は、ちょうどトンネルのような空間を作ります。蓋の空間と箱の空間が入れ違いの状態になっている間に、三条さんは遠笠さんの頭部を投入しました。ごとりという音は、その時のものです」

「三条さんが犯人だったの？」

わたしは震える声で尋ねた。

「ええ。三条さんはトリックで容疑を免れようとしたのかもしれませんが、かえって犯人であることを僕に知らせてしまいました。策に溺《おぼ》れた、といったところでしょうか。どうしてこのような杜撰《ずさん》な結果になったのかは、後々わかることでしょう。三条さん、あなた以外に、犯人は考えられません。あなたの着ているコートを調べさせてもらえますか。きっと遠笠さんの血液や毛髪が付着しているはずです。あるいは、頭部を包むためのビニールなどを現在も隠し持っているはずです」

ディは三条に一歩近づいた。三条は顔色一つ変えずに、後ずさって、ふいに奇妙な笑みを浮かべると、両手を広げた。

「待ってくださいよ。僕が犯人ですって？」

「間違いありません。あなたがミノルさんと遠笠さんを殺害した犯人です。岩倉さんの代わりに『アルファベット荘』を管理し、僕らをパーティに誘い出したのもあなたです」

「あなたが云った方法なら、確かに遠笠さんの頭部を『創生の箱』に入れられたかもしれない。けれど、ミノルさんが殺された状況をどう説明するのですか？　彼の死体と『創生の箱』を、僕が夜中に本館へ移動させたというのですか？　例えば遠笠さんが推理したような鉄柵を使った方法でも、僕には不可能ですよ」

「残念ながら、もはや不可能などという言葉は無意味です。こうして僕が解決のための場を設けた時点で、すべては解き明かされているのですから」

「では拝聴しましょう。あなたの推理を」

三条は僅かに顎を上げて、ディを見下ろすように云った。

3

「順を追って話していきたいと思います。僕らが『アルファベット荘』に到着する以前、『創生の箱』は別館の広間に置かれていました。招待客が全員集まり、パーティの後、広間に集まった際も、依然『創生の箱』は広間に存在していました。少なくとも午前一時までは別館にあったのです。翌朝午前八時頃、桜子さんがミノルさんの不在に気づいて、別館内を探して回りましたね。広間から『創生の箱』が失われているのに気づいたのも、この頃でした。その後、本館へ移動してみると、大広間に『創生の箱』とミノルさんの死体が置かれていました」

「『創生の箱』とミノルさんの死体が運ばれたのは、死亡推定時刻を考えなければ、午前一時から午前八時くらいまでの間ということね？」

わたしは確認するように尋ねた。ディはわたしを横目に見て、頷いた。

「午前一時から午前八時の間、雪は小降りの様子でした。当然、庭を横切って移動すれば、足跡が朝まで残ったでしょう。ところが庭に足跡は一切残されていませんでした。雪を被せて足跡を誤魔化したというような痕跡も、一切なかったと思われます。仮にそのような誤魔化し方をした場合、窪んだ足跡を埋める分だけの雪を他から持ってこなければなりません。しかし積雪の状態に異状がなかったのは、皆さんご存じの通りですね」

「遠笠さんの生首を入れた時のトリックは、使えないわね」桜子が云った。「ミノルの死体はバラバラにされていなかったし、『創生の箱』も移動させなきゃならない。両方隠し持つことはできないもの」

「確かにさきほど説明したトリックは使えません。『創生の箱』のレプリカを用意していたという説も却下です。用意していたとしても、ミノルさんの死体を移動させたことに変わりはありません。ミノルさんに双子の兄弟でもいれば話は変わりますが、警察に捜査されることを前提にした犯罪である以上、入れ替わりは考えられません」

「双子？　ミノルに兄弟はいなかったよ。そもそも入れ替わりってどういうことよ」

「ミノルさんとそっくり同じ顔形の人間が、最初から本館に隠れていたとしたら、本館と別館の間を移動させなくとも、死体が出現するという現象を起こすことができます。本館と別館に一人ずついればいいわけですね。つまり死んだのは本館に隠れていたミノルさん、あるいはミノルさんの兄弟、ということになります。しかしこの説も却下します」

「んで、どうやって死体と箱を移動させたの？」

「それを考えるにはまず、死体だけではなく『創生の箱』まで移動させられたのは何故か、という点に注目しなければなりません。不可能犯罪を成立させるならば、ミノルさんの死体だけを運べば済む問題です。ところが犯人は丁寧なことに、『創生の箱』まで本館に運び、なおかつ死体を中に入れているのです」

「要するに、『創生の箱』にまつわる伝説を再現して、私たちの目を真相から逸らさせようってことでしょ？」

「確かにミスリードとしての効果も踏まえていたのかもしれません。けれどそれは本質ではありません。三条さん、あなたはある理由のために、死体を『創生の箱』に入れておかなければならなかった」

「ほう」

三条は掠《かす》れたような声で呟いた。動揺した様子はなかったけれど、無罪を徹底的に主張しようという態度でもなかった。

「その理由とは？」

「い、い、い、い、い、い」

「死体を運びやすくするためです」

「ディ、わかんないよ」わたしは痺れを切らして云った。「どういうことなの？」

「では『アルファベット荘』の見取り図を見てください。見るべき場所は、アルファベットの並ぶ庭です。何か、気づいた点はありませんか?」

「別に。でも、中央の『D』が『P』と替えられているのよね。関係あるのかしら?」

「ええ。おそらく二つのアルファベットを交換したのも、三条さんだったのでしょう。彼は二つの文字を替えることで、今回の不可能犯罪を成立させたのですから」

「文字を替えただけで?」

「庭に置かれているアルファベットで、特に見てもらいたいのは、別館に近い順から『E』『G』『P』『F』『R』『B』『A』の七文字です」

「またアナグラムってやつ?」わたしは頭の中で文字を並べ替える。「ううん。思いつかない」

「アナグラムではありません。これらのアルファベットを、文字としてではなく、物体として考えてみてください」

「物体として考えるって、どういうこと?」

「庭にあるオブジェを思い浮かべてもらえば、簡単です。これらの文字には、足場があるのです」

「あっ」

わたしは声を上げて、見取り図のアルファベットを凝視する。『E』の中央の横棒、『G』の内側に曲がった部分、『P』の上部の囲い、『F』の上から二番目の横棒、『R』の上部の囲い、『B』の上部の囲い、『A』の上部の三角穴。これらを物体として捉えれば、確かに足場になる。ちょうどトンネル状の道ができるのだ。

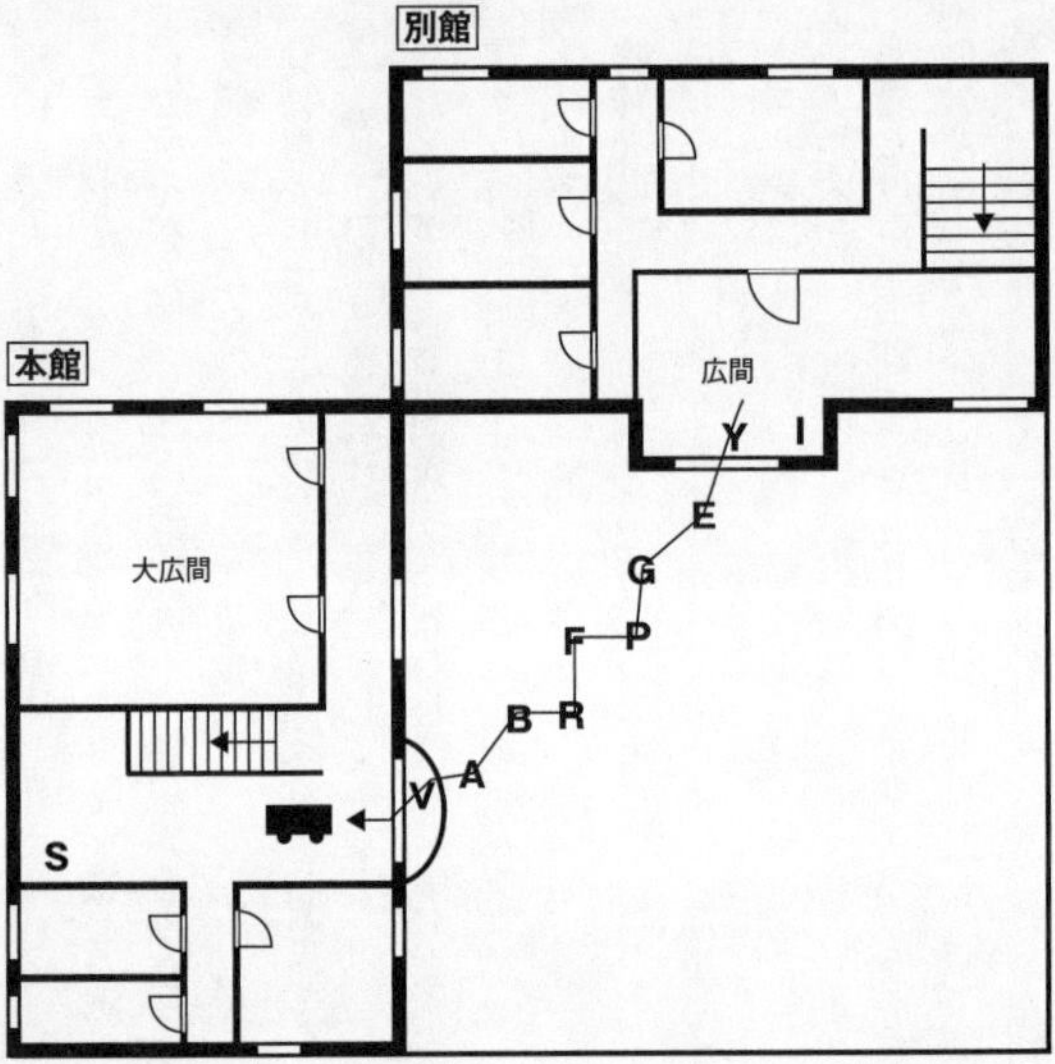

アルファベット荘　2階

「三条さんは、庭にあるアルファベットのオブジェを利用して、足跡を残さずに別館から本館へ移動したのです。彼は空中に見出した秘密の道を使ったのです」

ディの説明を聞いて、わたしたちは呆然と顔を見合った。

「『創生の箱』に死体を入れたのは、アルファベットの道を通りやすくするためだったのです。死体を担いだ状態では、文字の中をくぐりにくいですね。けれど箱の中に死体を入れて、押すか引くかすれば、割合容易に移動できたと考えられます。一番容易な方法は、先に三条さんが本館まで渡ってから、『創生の箱』に結びつけた紐を手繰り寄せるやり方でしょうか。

『創生の箱』の横幅は二メートル弱はあるようなので、文字間も移動できたでしょう」

「雪はどうなの？　アルファベットにも雪が積もっていたわ。痕跡が残っちゃうじゃない」

「いいえ、文字をよく見てもらえばわかると思いますが、足場になる場所には、雪が積もらないのです。例えば『E』の文字は、一番上の横棒が屋根の代わりになりますね。他の文字も同様に、屋根の代わりになる部分があります。昨夜の雪は、今日の吹雪とは違って、風もなく静かに降り積もっていました。ですから雪が真横に吹き付けることもありませんでした。ゆえに足場になる部分には雪が積もらなかったのです」

「箱はともかく、人間が文字間を移動するのは無理があるって」桜子が当惑したような顔で云った。「文字間は一メートル半くらい間が開いているんでしょう？　ジャンプするにしても、文字の屋根になる部分が邪魔して跳べないよ」

「跳んで渡る必要はありません。文字間を移動する際には、更にもう一つのアルファベットを利用します」

「もう一つの？」

「別館の二階にあった木製の『I』です。文字間を渡るための橋として、『I』を利用したのです。木製なので、比較的軽く、持ち運びに苦労することもなかったでしょう。橋としてもちょうどよい形状です」

「別館の窓から『創生の箱』を出すにはどうするの？　中には死体が入っているのに、紐を引いただけで持ち上げられたとは考えられないわ」

わたしは広間の窓を思い出しながら尋ねた。窓枠はちょうど腰のあたりに取り付けられている。『創生の箱』を引き上げるのには困難ではないだろうか。

「これもまた、アルファベットを使用すれば解決できます。別館二階にある『Y』を使います。『Y』を横倒しにすれば、斜面ができあがります。垂直の壁より、斜面を滑らせた方が、『創生の箱』を引き寄せやすかったでしょう。さすがに『Y』の方の厚みが足りないと思われますが、何も置かないよりはましです。また同様に、終着点となった本館二階のテラスにも、『V』を置いて斜面を形成していたと考えられます。テラスには手摺りがあったので、中に引き入れるには『V』が欠かせなかったでしょう」

アルファベットがあちこちに利用されている。もしかすると三条は、予めアルファベットの配置を都合いいものに替えていたかもしれない。

「では三条さんの行動を、明かしてみましょう。まず昨夜、別館の広間で解散した後、自室に戻ります。『創生の箱』を引くための紐や、凶器などを用意したでしょう。すぐに犯行に移りたかったでしょうが、広間には僕がいたので、結局犯行は一時以降になりました。もしも僕が一晩中いた場合、犯行を翌日の夜に変えたでしょう。三条さんは僕がいなくなったのを確認してから、ミノルさんの部屋へいき、彼を呼び起こしました。事件が起こった、などと云えば飛び出してくるでしょう」

桜子が尋ねた。

「もしもミノルが私と同じ部屋だったら、どうしていたの?」

「部屋を割り振ったのは三条さんですから、問題はありません。もしもミノルさんの部屋に桜子さんが一緒にいた場合は、計画を変更して、桜子さんまで殺すことにしたかもしれません」

「マジですか」

桜子は殺されていたかもしれない自分の境遇に、今更恐怖しているようだった。

「三条さんはすぐにミノルさんを殺害します。死体を運ぶ仕事を省略するため、彼を広間まで連れていってから殺害したことでしょう。そして『創生の箱』の中に彼の死体を入れます。蓋の鍵はパーティの後、藤堂さんがキッチンで食器の片付けをしている最中に盗み出していたと考えられます。次に二階の廊下からアルファベットの『I』と『Y』を運んできます。箱に紐を結びつけ、紐の片端を握って、いよいよアルファベットの文字を抜けて本館へ向かいました。本館の二階は戸締りがなされていません。三条さんが岩倉さんの名前で、指示書に書いておいた約束ですからね。本館へ到着したら、『V』を運んできてから紐を引いて『創生の箱』を引き寄せます。あとは『創生の箱』を大広間に置いて、きた道を戻るだけです。蓋の鍵は、持っていると返すタイミングを計らなければならないので、箱の中に死体と一緒に置いておいたのでしょう」

「もしかして、破麻崎さんが見たという『創生の箱』に入れられていたバラバラの鎧というのは、練習用だったの?」

わたしは破麻崎の話を思い出して云った。

「ええ。さすがに甲冑は三十キロ程度しかありませんが、死体を『創生の箱』に入れて運ぶ練習に用いるには、最適だったと思われます。三条さんはパーティに招待された客を装っていたようですが、密かに『アルファベット荘』へ頻繁に足を運んでいたものと考えられます。おそらく練習に使った鎧を戻し忘れ、昨日の早朝、慌てて『アルファベット荘』に戻ってもとの位置に直しておいたのでしょう」

ディは三条の方へ向き直った。

三条は引きつった口元を歪めて、笑っていた。

「遠笠さんを殺害した際に、このトリックが使われなかったのは、吹雪のためだと考えられます。横から吹きつける雪によって、アルファベットの足場となる部分にも雪が積もってしまいましたからね」

「でも、三条さんが犯人だという証拠がないわ」

わたしはディに云った。

「いいえ。三条さんはまだ、犯行に使用した道具を処分していないはずです。凶器や、『創生の箱』を引く紐を何処かに隠しているのでしょう。マスターキーさえ持っていれば、隠す場所を事前に見つけておくこともできたでしょうから。ポケットにはマスターキーが今も入れられているのではないですか? 犯人は三条さん、あなたです。まずはそのコートから、調べさせてもらいましょうか」

ディは三条に歩み寄った。

「いや、その必要はありませんよ。認めましょう。僕が犯人です」

4

「どうしてミノルさんたちを殺したのですか？」

「どうして？」三条は訊き返す。「殺したかったから殺した。ただそれだけのことですよ」

「わかりました」

ディはあっさりと引き下がる。証明終りと云う代わりに、両手を軽く広げて大広間の中央から身を引いた。

「わからないわ」わたしはディに抗議した。「人を殺すのに理由がいらないの？」

「少なくとも僕らにとっては、動機などどうだっていいことだと思います。殺人における動機は、捜査のために考察するべきものであって、犯人を理解するために考察するべきものではありません」

「誰もがディみたいに割り切って考えられるわけじゃないわ。三条さん、本当のことを云ってください」

「僕は本当のことを云っていますよ」三条は穏やかに云う。「しかし、まさかアルファベットを使ったトリックまで暴かれるとは思いませんでした。まったく、完璧です。ディさんに敬意を表して、話すべきことは話しましょう。僕は創生させようとしたのですよ。『創生の箱』を使って死体を創生させました。究極の芸術、そして犯罪なのです。僕はずっと憧れてきました。

何処にでもある犯罪とはレベルが違う、本当の芸術犯罪を夢見てきました。僕は創生を試みたのです。『創生の箱』と呼ばれる神秘の箱を使って」

「初めに説明したように、『創生の箱』はただの箱ですよ」ディが蓋に手を置いて云った。「神秘も奇跡もない、普通の木の箱です」

「あなたがいなければ神秘のまま終わったでしょうね」

「所詮、トリックです」

「ええ、僕が演じたのは創生でも芸術でも神秘でもなく、ただのトリックでした。僕は僕自身に失望しましたよ。僕の限界だったのでしょう」

「三条さん、あなたは」わたしは云った。「究極の芸術のために、人を殺したのですか?」

「そういうことにしておきましょう」

「嘘つき」

美久月が云った。

美久月は肩にかかった髪を払って、腰に手を当てる。

「美久月さん」三条は目を鋭くして云った。「動機など、僕の胸の中にあれば済むことでしょう」

「これからどうするつもり?」

美久月は三条を挑発するように、一歩近寄った。

「今考えているところです」三条はポケットに手を入れた。「まさか、こういう事態になるとは予想していなかったから」

三条は突然身を翻すと、傍に立っていた美久月の背後に回った。

美久月の喉元に銀色の光が煌く。小さなナイフだった。傍にいた破麻崎が悲鳴を上げた。つられたように桜子も悲鳴を上げた。春井は桜子の隣で、身構えるように一歩下がった。

ディは目を細めて、コートに手を入れたまま、身動き一つしなかった。

「月並みなやり方で申し訳ないと思う」三条が云った。「だが僕は最後に一つだけ、やらなければならないことがあるようだ。美久月さん、人質になってもらいたい」

「いいわよ」

美久月は躊躇うことなく頷く。

「外に出てくれ」

「何処にいくの?」

三条は答えなかった。美久月は首筋にナイフを当てられたまま、ゆっくりと歩いた。

「先輩っ」

「誰も動くな。君たちは本館から出てはいけない。約束してくれれば、美久月さんに危害は加えない」三条は哀しげな顔で云った。「深い、深い場所で創生される一つのことがある。それは他人に対する感情だ。誰の胸にもある、清らかな感情。僕の場合、もう汚れてしまっているのかもしれないがね」

三条と美久月は扉の向こうに姿を消した。

わたしはわめき出したい気分をどうにか抑えて、じっと耐えた。美久月と三条が部屋からいなくなってしまうと、まるですべてが終わってしまったかのように、静けさだけが残された。

「ディ、何とかしなきゃ」

「僕には関係のないことです」

「どうしてっ」

「謎は解決されましたので」

ディは壁に身体を預けた。

「ディの役立たずっ。わたし一人でも先輩を助けにいくわ」

「橘さん」春井がわたしを制して云う。「大人しくしていた方がいい。彼は美久月さんを傷つけないと云っていました。美久月さんも何か考えがあって、彼に従ったのでしょう」

「先輩は何も考えていないに決まっています」

わたしと春井はしばらく云い争った。ディは涼しげな顔でわたしたちの様子を眺めていた。

何もできないまま、時間だけが過ぎていく。

長い間迷った末に、わたしは部屋を飛び出した。階段を駆け下りる。廊下の奥から風の音が聞こえた。庭だ。テラスに出る窓が開きっ放しになっている。わたしは外に出た。いつの間にか吹雪は大分収まっていて、暗い空に、光り輝く雪の結晶が散っていた。足跡があった。わたしは足跡を追った。足跡は別館に続いていた。

「先輩」

わたしは小さな声で、美久月を呼んだ。反応はない。声は虚しく雪の中に吸い込まれていく。

別館の玄関に近づき、戸をそっと開けてみた。

すると突然、戸が中から開かれ、わたしは驚いて飛び上がった。

誰かが出てくる。

美久月だった。美久月はわたしの目の前に立った。

「あら、ミーコ。何やってるのよ、こんなところで」

「先輩が心配で、こうやって」

わたしは思わず途中で、言葉を止めた。

美久月の顔が血だらけになっていた。顔から首、胸元にかけて、真っ赤な鮮血に染められていた。

「せ、せ、先輩っ。大丈夫ですかっ」

「うるさいな」美久月はわたしをはね退けるように、右手を振った。「怪我はないわ」

「でも、血がっ。血が」

「三条さんの血よ。私の血じゃないわ」

「三条さんが自殺したんですか？　どうして自殺するのを止めなかったんですか」

「ああ、なるほど。止めるという手もあったわね」美久月は感心したように云った。「でも、ほら」

美久月の手には、三条が持っていたナイフが握られていた。刃先が血に染まっている。

「彼が刺してくれって云うから、刺してあげたの」

「せ、先輩？」

わたしは言葉を失った。

美久月が三条を刺した。

刺してくれって云うから。

「先輩、冗談ですよね？」

「いいえ、面白くない冗談は云わないわ。ねえ、ミーコ。どうしてそんなに驚いた顔するの？」

美久月はわたしを凍えつかせるような、とても美しく無邪気な顔で尋ねるのだった。

わたしは答えることができなかった。

「橘さん、美久月さん、大丈夫ですか？」

春井の声が聞こえた。振り返ると、雪の向こうに春井の姿が見えた。

美久月が手を振って合図した。

「さあ、帰ろう。ミーコ」

「先輩、ナイフを貸してください」

「どうするのよ」

「いえ、ちょっと」

わたしは美久月からナイフを受け取って、ポケットにしまった。

5

電話が鳴った。破麻崎の携帯電話だった。吹雪が収まり、電波も安定したらしい。警察からの電話だった。どうやらふもとの事故の処理が終わったらしく、道路の状態を見て、通ることができそうであれば駆けつけるという。

わたしたちは警察がくるまでの間、思い思いの場所で時間を過ごした。わたしとディと美久月は応接間で休んでいた。ディは事件を解決し終えて、すっかり元の硝子人間に戻ってしまった。透明で無口なディ。

美久月は勝手に準備室のシャワーを借りて、身体についた血を洗い流した。服はやはり黒いワンピースだ。もちろん血の跡がまだついている。

警察が到着したのは三時間後だった。わたしたちは翌朝までずっと事情聴取を受けることになった。わたしたちは二日間の出来事を、何度も繰り返して刑事に話した。事件の詳細については、以前ディが電話で説明していたこともあって、警察側は最低限の状況を把握しているようだった。彼らが興味深そうに尋ねてくるのは、事件の結末だった。美久月も何も云わなかった。問題のナイフは、わたしの指紋がつかないようにこっそり三条の遺体の近くに落としておいた。警察がそれについてどう解釈したかはわからないが、それ以上あまり深く追及されなかったのは幸いだった。

警察から解放された頃には雪も止んでいた。わたしたちは『アルファベット荘』から、藤堂の車で盛岡駅まで送ってもらうことになった。破麻崎は雪道の運転が苦手ということなので、春井が彼女の車を運転して、盛岡まで向かった。春井はどうやら横浜からきているらしく、わたしたちと一緒に新幹線を利用して帰るという。マスコミの車とすれ違いに、わたしたちは山を下りた。

空はまだひどく曇っている。

わたしはとても眠かった。

6

わたしは四人分の缶コーヒーを抱えて、盛岡駅のプラットホームを歩いていた。胸に抱いた缶が温かい。息を吐くと、まるで霧のように白く浮かんでから消える。

硝子越しに見えた駅ビルの垂れ幕にはクリスマスの文字が躍っていた。もうすぐクリスマス。ディには何をプレゼントしよう。美久月には何をプレゼントしよう。二人はわたしに何をプレゼントしてくれるだろう。

新幹線の入り口近くに、桜子と藤堂が春井を取り囲むように立っていた。

「ミノルがいなくなっちゃったから、誰も頼る人がいないんだよね」桜子はくだけた調子で云った。「春井さん。私、あなたと一緒にいっていい？」

「私にはあまり関わらない方がいいと思う」

「どうして？」

春井は黙ったまま、腕時計を見た。答えるつもりはないらしかった。

「ちょっとどいてください」藤堂が桜子を押しのける。「春井さん、時々でいいですから、私のことを思い出してくださいね。私は春井さんのことを忘れません」

「いや、すぐに忘れてもらっても構わないですが」

「だってさ」桜子が藤堂に嘲笑《ちょうしょう》を投げかけた。「あっちいけ」

「あなたこそあっちいってください」

「云うこと聞かないと、新幹線に縛りつけてやるぞっ」

「そっちこそ、先頭の車両に結びつけてやります」

またいさかいが始まった。わたしは彼女たちのやり取りを遠巻きに眺めていた。

春井は彼女たちの間を抜けて、わたしの方へ歩いてきた。肩を竦めて、溜息をつく。

「やれやれ。橘さん、早く乗りましょう」

「いいんですか？」

「構いません」

「さよならくらい、云った方が」

「私はいつも、さよならを想定したうえで生きているんです。今更挨拶する必要はありません」

「不思議なことを云いますね。春井さん、あなた一体何者なんですか？」

「まあ、いずれお話ししますよ」春井はにっこりと笑った。「美久月さんたちは？」

「もう乗っていますよ」

わたしたちは揃って新幹線に乗った。緑のラインが描かれた新幹線だ。春井はわたしたちの後ろの席だった。わたしが切符をまとめて四枚買ったので、近い席を取ったのだ。

十一時四分に、新幹線は東京に向けて走り出した。見送りの藤堂と桜子は、姿が見えなくなるまで春井に手を振っていた。

「ねえ、ディ。事件はどんなふうに片付けられるの？」

「被疑者死亡のまま書類送検になるでしょう」

「それだけ？」

「はい」

ディは必要なことだけを云うと、真っ直ぐ前を向いて沈黙してしまった。

「あーあ。無口なディに戻っちゃったのね」美久月がディを覗き込んで云う。「ディ、ほら、こっちを向いて」

「何ですか？」

「喋って」

ディは口をつぐんで、首を振る。

「何でもいいのよ。ほら」

「話すことがありません」

「そんなことはないわ」

わたしはディの袖を引っ張る。

「きっとディは悪い魔法をかけられて、事件を解くことしかできなくなってしまったのね」美久月はディにすり寄った。「どうしたら魔法が解けるのかしら?」

「ちょ、ちょっと。先輩。ディを誘惑するのはやめてください」

「ふん」

美久月はバッグを肩に提げて、唐突に立ち上がった。何も云わずにデッキに向かって歩いていく。わたしは彼女の後ろ姿を見送った。

後ろの席の春井が立ち上がって、美久月の向かったデッキに歩いていく。

「何処いくのかしら」

「わかりません」

「ディは先輩のこと、どう思う?」

ディは何も答えなかった。質問の意味がわからなかったらしい。

わたしもどうしてそんな質問をしたのか、よくわからなかった。

雪はまだ降り続いている。

エピローグ

1

春井は美久月の後を追って、新幹線のデッキに向かった。

右手に洗面台があり、左手にトイレと自動販売機があった。美久月は出入り口の扉に寄りかかって、高速で流れていく風景を眺めていた。評判通りの美しさだと、春井は思った。美久月の美しさは時間をかけて洗練されたものというよりは、もとから完全に美しかったものが汚されずに残されているといった感じだった。

「何を見ているんですか？」

春井は話しかけた。

「外を」

「二人きりになるチャンスを窺っていました」春井は率直に云う。「美久月さん。岩倉さんに『創生の箱』を買うように仕向けたのは、あなたですね？」

美久月はにっこりと微笑んで、春井を見た。しかし何も云わなかった。

「『創生の箱』を以前に所有していたジークベルト夫人は、ある日本人の紹介を受けて岩倉さんに箱を受け渡すことになったそうです。世界中から『創生の箱』を狙った手紙が届いたそうですが、誰よりも早く届いたのが、その日本人からの手紙だったそうです。だからジークベルト夫人は紹介された岩倉さんに『創生の箱』を売ることにしたといいます。手紙の署名はイニシャルのみ。文面はドイツ語。岩倉さんの知り合いだということと、日本人であるということ以外に、送り主についての記述はありませんでした。イニシャルについては、ジークベルト夫人が秘密にしたまま、公開されていません」

「ふうん。で？」

「手紙の送り主は、何処まで今回の事件を予想していたと思いますか。データさえ揃っていれば、結末まで予想できないことはなかったと思いますね。舞台となる『アルファベット荘』や、小道具となる『創生の箱』の特性を調べ、主役たちの心理を推測する。はたして、三条さんが箱を使って殺人を犯すことを予測できたでしょうか。おそらく、できたでしょうね。その謎の人物は、すべてを予想した上で『創生の箱』を岩倉さんに売るように、ジークベルト夫人へ宛てて手紙を書いたのです」

「神様だって事件のことを予想できなかったと思うわ」

「あなたは頭がいい」春井は眼鏡を外して、さりげない仕種でシャツのポケットにかけた。「教えてください。何処までが演技なのですか？」

「私は意地悪だから、教えないわ」

美久月はくすくすと笑った。

「いいでしょう。では別の質問にします。あなたが手紙の送り主ですか？」

「知らないわ」

「もう一度訊きます。あなたは何故、すべてを予測しながら、犯罪を未然に防ごうとしなかったのですか？」

春井は語気を強めて、美久月に近寄った。

かちんと妙な音がする。春井は気付いて、美久月の手元を見た。彼女の手には、いつの間にか折り畳みナイフが握られていた。

「いつも持ち歩いているんですか？」

「ええ。バッグの蓋の裏に隠しているの。素敵な隠し場所でしょう」

「蓋の裏、か」

「春井さん、あなたこそ何者なの？」

「正直に云いましょう」春井は視線を床に落として云った。「私は世界中に散らばるＭＯを追っています。『創生の箱』のように呪いを受け継いだＭＯを求めて旅をし、時に小説のモチーフとして利用します。しかし小説を書くことはむしろ副業です。ディさんが不可能犯罪を専門にした探偵ならば、私はＭＯを専門にした探偵といったところですね」

「ＭＯを見つけたらどうするの？」

「破壊してこの世から消し去るのです。実際、依頼を受けてＭＯを破壊しにいったこともあります。私は今まで様々なＭＯを見てきました。もちろん日本でも依頼を受けたことがあります。

おかげで私の身体には、MOの呪いが染みついているでしょうね。沢山の死の呪いが」

春井は卑屈に笑ってみせた。

「でも『創生の箱』は？」

「一旦は警察の手に委ねます。その後、私が始末します。今回『アルファベット荘』を訪れたのは、『創生の箱』を始末するためだったのです。岩倉さんが行方不明になってから一年が経過して、もう咎める者はいないだろうと思い、足を運びました。おかげで妙な事件に巻き込まれてしまいましたが」

「あんな箱、放っておけばいいじゃない。どうしてわざわざ壊すの？」

「義務感ですよ」春井は苦笑して云った。「細かい理由については、あなたに教える筋合いがない」

美久月は僅かに肩を竦めて、首を振った。彼女の仕種にどんな意味があるのか、春井には読み取ることができなかった。もしかすると、それさえも演技かもしれない。

「今回はあなたの勝ちだ。けれど次は、あなたがMOの呪いを利用するより早く、私がそれを壊します」

「そう」

美久月は関心がなさそうに呟いた。

「退屈な話をしてしまったみたいですね。いつまでも未練がましく、MOについて語るのはやめにします」春井は眼鏡をかけ直した。「一度、美久月さんの舞台を見てみたいですね。次の公演場所が決まったら、教えてください。私もいきますよ」

「うん、招待する」

美久月は微笑みながら頷いた。

「では戻りましょうか」

春井は気取った口調で片手を広げ、美久月を先に通し、自分は後からデッキを出た。

2

僕は美久月美由紀の肩を押さえ、喉元にナイフを当てた。美久月はまったく抵抗する気配がなかった。だから僕は、彼女を強く押さえ込むことができなかった。あまり力を入れてしまうと、彼女を壊してしまいそうだった。本来ならば、汚れた僕の手などで触れるべきですらないのだ。

「月並みなやり方で申し訳ないと思う」僕は云った。「だが僕は最後に一つだけ、やらなければならないことがあるようだ。美久月さん、人質になってもらいたい」

「いいわよ」

美久月は躊躇うことなく頷いた。

「外に出てくれ」

「何処にいくの?」

僕は答えなかった。美久月は僕に従って、ゆっくりと歩いた。

「先輩っ」

橘が声を上げた。

「誰も動くな。君たちは本館から出てはいけない。約束してくれれば、美久月さんに危害は加えない」僕は云い聞かせるように、ゆっくりと云った。「深い、深い場所で創生される一つのことがある。それは他人に対する感情だ。誰の胸にもある、清らかな感情。僕の場合、もう汚れてしまっているのかもしれないがね」

僕と美久月は部屋を出た。僕たちは並んで階段を下り、庭に出た。もう彼女にナイフを向ける必要もなかった。

巨大なアルファベットが目の前に置かれている。数年前、初めて『アルファベット庭園』を見た時、驚くばかりだった。岩倉は自慢げにアルファベットの誕生から発展までを、客たちへ向けて話していた。金持ちのやることは理解できないし、嫌いだ、と僕は思った。もちろんアルファベットを用いた犯罪など、当時は思いつくこともなかった。

岩倉がジークベルト夫人から『創生の箱』を購入したという話を聞いた。僕は仕事場から飛んでいって、すぐに『創生の箱』を確かめた。一九八二年、僕が西ドイツで見たものとそっくり同じだった。その頃既に、僕は岩倉と、ある程度の関係を築いていた。友人を通じてパーティに呼ばれたことも何度かあった。芸術犯罪という言葉に、彼は相当惹かれたようだった。僕は芸術犯罪を専門にしていたけれど、別に学問自体に興味はなかった。興味があるものと云えば、『創生の箱』だった。僕は『創生の箱』に近づくために、芸術犯罪の研究職へ進んだのだ。僕の財力では到底『創生の箱』を購入することはできない。だから芸術家や金持ちを通じて、いつか『創生の箱』に再会しようと考えていたのだ。

僕と美久月は雪の降る庭を歩いた。美久月は僕の隣にいた。

いつの間にか、吹雪は大分収まっていた。粉雪が踊るように舞っていた。美久月は寒そうに、白い息を吐いていた。僕はナイフを突きつける代わりに、彼女の手を握った。僕はとても懐かしい気分になった。僕たちは雪を蹴って、別館へ向かった。僕は先に美久月を中に入れ、後から中に入った。

「静かに話のできるところへいこう」

僕が云うと、彼女は頷いた。僕たちはすぐ傍の部屋へ入った。美久月と橘が共同で使っていた部屋だ。

部屋に入り、電気をつけてから、僕はベッドに腰かけた。美久月は自分の身体を抱くようにして、扉の近くの壁に、立ったまま寄りかかった。

「寒い？」

「いいえ、大丈夫よ」

「ごめん」僕はナイフをベッドの上に置いた。「乱暴するつもりはなかったんだ」

「気にしていないわ」

「座らないの？」

僕が尋ねると、美久月は無言で頷いた。長い髪が揺れた。

「また会えてよかった」僕は云った。「一九八二年、西ドイツのケルン。覚えてる?」

「ええ」

「雪の中で、遊んだよね」

異邦の地で出会った、美しく知的な少女。僕はいつも彼女のことを考えていた。当時の僕には理解できなかった言葉の幾つかも、大人になるにつれ理解できた。

僕と彼女の目の前で事件は起きた。『創生の箱』を使った異常な殺人事件だった。僕と彼女は、事件の調査のために、ジークベルト教授の部屋に忍び込んだのだ。

「君は『創生の箱』の謎をあっさりと解いていた。でも、ジークベルト教授に捕まってしまったんだ」

今でも思い出す。ジークベルト教授から逃れるために、彼女の手を取って走ったこと。

そして彼に捕まえられ、突き飛ばされ、彼女の手を放してしまったこと。

彼女を彼女の境遇から救い出すことができなかったこと。

彼女の奔放な美しさと、手の冷たさ。

僕の無能さ。

「どうして僕がこんな犯罪に手を染めたのか、君ならわかっているよね」

「もちろん」

「僕は君の存在を一度も忘れたことはなかった。それなのに、君の顔や声をまったく思い出すことができなかったんだ。僕にとって西ドイツの事件は、まるで夢のような出来事だった。夢に出てきた人たちの顔を、時々思い出せないことがあるだろう。それと一緒だ。すっかり記憶から抜けてしまっていたんだ。事件の異常さのために、記憶が封印されたのかもしれないし、単に僕が忘れっぽいだけだったのかもしれない。だからもしも僕が十六年前の少女と再会しても、彼女だと見極められないかもしれなかった」

　そしてそのことが、僕にとっての動機になった。

「あなたは、パーティに招待した三人の女性のうち、誰が十六年前の少女なのか見極めるために、『創生の箱』を使って不可能犯罪を起こそうとした」

「ああ。犯罪捜査において陰で活躍している女性三人を僕は探し当てた。遠笠麗、泉尾桜子、美久月美由紀の三人だ。十六年前の少女は、『創生の箱』のバラバラ殺人をものの数分で解決してしまった。それだけ突出した能力ならば、現在でも目立って活躍しているはずだからね。岩倉の名前を騙って君たちをパーティに招待したのはそのためだ。岩倉が外国で行方不明になってくれたのは幸いだった。警察は何度か『アルファベット荘』を調べにきたみたいだが、当然僕の計画など気づきもしなかったようだ」

「でも私は別に事件解決に勤《いそ》しんできたわけじゃないわ」

「ディさんの名前で引っかかったんだ。ディという名称で通っている不可能犯罪専門の探偵が京都で有名だという話を聞いた。ディという名前では女性か男性かわからないだろう。気になって周辺を調べてみると、君を見つけた。君に昔の少女の面影を、ほんの僅かだけれど感じたんだ」

「十六年前と同じような事件を起こせば、私が事件を解決すると思ったのね？」

「そうだよ。だからミノルさんには死んでもらった。死んでもらうのは誰でもよかったが、できるだけ男性を狙うつもりだった。別館に泊まっていた三人の女性は殺害できないし、美久月さんと同じ部屋にいた橘さんを殺すこともできない。『アルファベット荘』に突然現れた春井という男を殺してもよかったんだが、彼は何か知っているようだったから、しばらく生かして様子を見ることにした。ディさんは遅くまで広間に残っていたから、証言者として使えると思った。結局ミノルさんくらいしか、殺しやすい相手がいなかったんだ」

「アルファベットを用いた殺人は、あなたのオリジナル？」

「ああ。なかなかよく考えたと思わないかい？　事前に業者を呼んで、『P』と『D』を入れ替えてもらったんだが、見取り図を残しておくべきじゃなかったかもしれないね」

「遠笠さんを殺したのは何故？」

「間違った推理をしたからだよ。彼女は僕の提出した謎を解けなかった。つまり、僕が探している人物じゃなかったということだ」

「それは嘘よ」

「嘘？」

「彼女はおそらく、犯人があなたであることに気付いたんだわ。そして彼女は殺される前にあなたを殺そうとした。だからあなたは突発的に彼女を殺すはめになってしまった。これは推測だけど、遠笠さんは名古屋で起きたバラバラ殺人の犯人ね」

「さすがだね。彼女自らそう告白したよ。電話を壊してくれたのはむしろありがたかったけれど」

「彼女の胴体を何処に隠したの？」

「彼女の部屋の、ベッドの下だ。すぐに警察が見つけるだろう」

「私の顔や声を聞いて、何も思い出せなかったの？」

「いや、思い出さなかったわけじゃない。もしかすると、と何度も考えたよ。でも君であるという確信がほしかったんだ」

「でも解決したのはディよ」

「彼の存在はやはりもっと考慮しておくべきだったよ。けれど君は、僕の動機を見抜いていた。だからもう疑う余地はなかった」

「事件を起こさないでも、十六年前のことについて話をすればよいだけの話じゃない。西ドイツにいったことがありますか、と尋ねるだけでもよかったんだわ」

「それじゃ駄目なんだよ」

「どうして？」

「僕は少年の頃、『創生の箱』の呪いから君を救い損ねた。そのことは僕の中でずっと後悔として残り続けていた。ねえ、どうして僕は再び君に会いたいと願ったと思う？」

「わからないわ」

「君を救うためさ」僕はナイフを手に取った。「僕は『創生の箱』を使った不可能犯罪を起こした。君の憎むべき犯罪だ。そして憎むべき犯人はここにいる。僕だ。君は犯人を打ち倒し、自分の人生を取り戻さなければならない。十六年前の再現だ」

　当時と同じ舞台を用意し、僕は『創生の箱』を用いた犯罪者となることで、彼女に救いの場を与える。

　彼女を救えなかった僕にできることといえば、それくらいだった。

　僕を殺すことで、彼女は救われる。

　僕は美久月にナイフを手渡した。

「救われたいのは、あなたの方でしょう？」

　美久月はナイフを受け取った。

「ああ、そうか」僕は頷いた。「本当に救われたいのは、僕の方だったのかな。でも信じてほしい。いつでも僕は君のことを考えていたんだよ。ずっと、君に伝えたかった言葉があるんだ。再会できたら云おうと思っていた言葉が」

　美久月は僕にナイフを向けた。

「あの時、手を離してしまって、すまなかった」

　僕は云った。

　銀色の刃が僕の内側に刺し込まれた。たちまち僕の胸は熱くなった。シャツが真っ赤に染まった。美久月はしっかりとナイフを握っていた。それでいいんだ、と僕は思った。彼女には躊躇《ちゅうちょ》がなかった。

「一つ、教えてくれないかな」

「何？」

美久月は僕の隣に腰掛けた。彼女の微かな体重で、ベッドマットが揺れた。

「僕が十六年前に出会った少年だということに、気づいていた？」

「ええ」

視界が白くなる。

「どうして僕の犯罪を止めなかった？」

「あなたの後悔を、なかったことにしてあげるために」美久月は僕の震える手に、手を重ねてきた。「私のために後悔し続けるなんて、無意味だから。それに、不可能犯罪を必要としている人がいるの」

「そうか」

僕は目を閉じた。

彼女の手が、僕の髪を撫でた。

「あなたが私の顔を覚えていなかったのも無理はないわ。だってあなた、あの時恥ずかしそうに、ずっと俯いてばかりいたんだもの」

これでよかったんだと、僕は思う。

心の奥底で生まれた小さな感情は、僕の人生を大きく変えてしまった。

でももう、後悔はない。

終幕

創元推理文庫版あとがき

本書の原型となる小説を書いたのは、大学生の頃でした。手元の記録媒体に眠るwordファイルのタイムスタンプを覗いてみると、二〇〇一年九月になっていますが、実際にはそれよりもっと前に原型ができていたと思います。作中の時代が一九九八年なので、おそらくそれが執筆時のリアルタイムだったのではないかと推測できます。

そもそも当時はPCではなく、ワードプロセッサーなる文書作成専用機を使っていました。作中にも『ワープロ』という単語が出てきて、なんとも懐かしい気持ちになりました。当時、近所の家電量販店の閉店セールで、展示品のワープロが投げ売りされていたので、なけなしのお金でそれを買って小説を書き始めたのがすべての始まりです。そうして孤独な時間をただひたすら空想することに費やしたのですが、驚くことにあれから二十年が過ぎた今でも同じことしかしていません。

その頃に書いていた小説は、投稿サイトなどで発表していましたが、もちろん人気になったことなど一度もなく、ほとんど見向きもされませんでした。謙遜《けんそん》ではなく、本当に閲覧数は少なかったです。自己満足だけで投稿を続けていましたが、それをたまたまご覧になった、ある編集者さんからお話をいただき、本書のオリジナル版が二〇〇二年に出版されました。その時点で僕はすでに作家として他社からデビューしていたのですが、そのへんの話はここでは割愛します。

本書のオリジナル版は現在では手に入りにくくなっていて、「なんとかならないか」という声を何年も前からいただいていましたが、今回いろいろなタイミングが合ったことで、晴れて復刊という運びになりました。

二十年近い時を経て再び出版するにあたり、選択肢は二つありました。そのまま出すか、リメイクして出すか。結論からいうと、ほぼオリジナルのまま、リメイクしていません。今の僕には書けない、当時の僕にしか書けなかったものを損ないたくないから、というのが理由ですが、はたしてそんなものがあるのかどうか……あやしいところではあります。

ということで基本的には『そのまま』温存することを前提に、あらためて過去の自分の小説と向き合ってみましたが、文章に関しては『そのまま』にしておくわけにはいかない箇所が沢山ありました。そのため最低限の修正を施しています。

なお内容については、今の作風とそんなに変わってないな、という印象です。無茶なトリックは相変わらずだし、キャラクターに関しても他の自作に出てくる登場人物と似ているところがあったりなかったり。トリックに関してはむしろ、細かい部分で「ああ、それはそう使うのか」と感心するところもありました。

自虐的にいえば『成長していない』のかもしれませんが、良くいえば二十年経っても『当時のままの自分』でいられたということでもあり、別に恥ずべきことではないのではないかと思います。少なくともミステリに対する考え方や、自分が面白いと思うものは、何も変わっていないようです。初心忘るべからずといいますし、いつまでもこのままでいられたら本望です。

もう一つ、本書を客観的に振り返って、あらためて気づいたことがあります。それは探偵役であるディという キャラクターの潔さ。名前はただのアルファベットであり、正真正銘、探偵役であるということ以外、なんらアイデンティティーを持たない異様な人物です。絵に描いたようなご都合キャラですが、ミステリにとっては必要不可欠な存在ともいえます。おそらく今の自分なら、何かもっとキャラづけしなきゃと思って、全然違ったキャラクターになっていたでしょう。ある意味、貴重な遺産です。

今回、初めて本書を読むという方にとっては、ところどころ拙《つたな》さや古臭さを感じる方もいらっしゃるかと思いますが、以上のような経緯があったことをご理解ください。

古典と呼ぶにはまだまだ時間も、風格も、味わいさえも足りていませんが、レトロに片足を突っ込んでる程度の時代を経たのではないでしょうか。ということで、レトロゲームに挑むような好奇心と冒険心で、本書を楽しんでいただければ幸いです。

本書は二〇〇二年、白泉社から刊行された作品です。

著者紹介　1979年生まれ。2002年、『「クロック城」殺人事件』で第24回メフィスト賞を受賞してデビューする。本格ミステリの次代を担う俊英。著書に『踊るジョーカー』『少年検閲官』『オルゴーリェンヌ』『「アリス・ミラー城」殺人事件』『千年図書館』などがある。

アルファベット荘事件

2021年10月15日　初版

著者　北《きた》山《やま》猛《たけ》邦《くに》

発行所（株）東京創元社
代表者　渋谷健太郎

162-0814/東京都新宿区新小川町1-5
電話　03・3268・8231-営業部
03・3268・8204-編集部
URL　http://www.tsogen.co.jp
モリモト印刷・本間製本

乱丁・落丁本は、ご面倒ですが小社までご送付ください。送料小社負担にてお取替えいたします。

ISBN978-4-488-41915-8　C0193

《少年検閲官》連作第一の事件

THE BOY CENSOR◆Takekuni Kitayama

少年検閲官

北山猛邦

創元推理文庫

◆

何人《なんびと》も書物の類を所有してはならない。
もしもそれらを隠し持っていることが判明すれば、
隠し場所もろともすべてが灰にされる。
僕は書物がどんな形をしているのかさえ、
よく知らない——。
旅を続ける英国人少年のクリスは、
小さな町で奇怪な事件に遭遇する。
町じゅうの家に十字架のような印が残され、
首なし屍体の目撃情報がもたらされるなか、クリスは
ミステリを検閲するために育てられた少年
エノに出会うが……。
書物が駆逐されてゆく世界の中で繰り広げられる、
少年たちの探偵物語。

正統派の英国本格ミステリ

THE WILL AND THE DEED◆Ellis Peters

雪と毒杯

エリス・ピーターズ

猪俣美江子 訳　創元推理文庫

◆

クリスマス直前のウィーンで、オペラの歌姫の最期を看取った人々。チャーター機でロンドンへの帰途に着くが、悪天候で北チロルの雪山に不時着してしまう。

彼ら八人がたどり着いたのは、雪で外部と隔絶された小さな村のホテル。ひとまず小体《こてい》なホテルに落ち着いたものの、歌姫の遺産をめぐって緊張感は増すばかり。

とうとう弁護士が遺言状を読み上げることになったが、
その内容は予想もしないものだった。

そしてついに事件が——。

修道士カドフェル・シリーズの巨匠による、
本邦初訳の傑作本格ミステリ。